비
타
와 버
지
니
아

비타와 버지니아

버지니아·울프와
비타 색빌-웨스트의
삶과 사랑

세라 그리스트우드
심혜경 옮김

musintree
뮤진트리

▪ 일러두기

– 이 책은 Sarah Gristwood의 《Vita & Virginia》(National Trust, 2018)를 우리말로
옮긴 것이다.
– 본문에 나오는 도서·영화의 제목은 원제목을 번역 표기하는 것을 원칙으로 하되,
국내에 번역 출간 및 소개된 작품은 그 제목을 따랐다.

차례

눈에 잘 띄는 곳에 남편 해럴드 니컬슨의 사진과 더불어 버지니아 울프의 사진이 놓인 비타의 책상. 시싱허스트에 있는 탑 2층에 위치한 비타의 집필실에 있다.

ː 비타의 집필실 ː

비타 색빌-웨스트는 켄트주 시싱허스트 캐슬의 엘리자베스 타워에 있는 그녀의 집필실 책상에 사진액자 두 개를 올려두었다. 하나는 작가 겸 외교관인 그녀의 남편 해럴드 니컬슨의 사진이고, 다른 하나는 소설가인 버지니아 울프의 사진이다. 비타와 버지니아 사이의 짧고 격렬했던 육체적 사랑은 비타와 해럴드 부부가 1930년 시싱허스트 캐슬을 사들이기 전에 이미 끝난 상태였다. 하지만 버지니아는 죽음을 앞둔 몇 달 전, 자신의 친구에게 이렇게 말했다. 남편 레너드와 바네사 언니를 제외하고, 자신이 진정으로 사랑했던 유일한 사람은 비타였다고.

집필실은 비타의 파란만장하면서도 화려한 삶의 성전이었으며, 과거 해외 생활의 모험에서 비타가 쟁취한 고상한 전리품들,

책상에 앉아 있는 비타. 그녀는 자신의 책들에 둘러싸여 탑에서 홀로 사는 꿈을 꾸었다.

그녀가 정원사로 작가로 일할 때 사용하던 도구들을 지금도 고스란히 간직하고 있는 공간이다. 비타의 조상들이 살았던 놀Knole*을 연상하게 되는 아련하고도 웅장한 태피스트리 아래 놓인 낡은

---

* 켄트주 세븐오크스 근교 공원 깊숙이 자리 잡은 저택으로, 총 365개의 방이 있다고 한다. 본디 캔터베리 대주교의 저택으로 지어졌으나 영국 국왕 헨리 8세가 강탈하여 증축하였고, 그의 딸인 엘리자베스 1세가 이곳을 사촌인 토머스 색빌에게 하사했다. 현재도 색빌 가문 사람들이 살고 있지만, 관리는 내셔널 트러스트가 맡고 있다.

시싱허스트에서 그녀는 하늘을 향해 물줄기를 쏘아 올리는 '황홀한 장밋빛 분수'와 사랑에 빠졌다.

시싱허스트 탑에서 내려다본 풍경. 주목나무 길의 일부, 그리고 장미 정원과 함께 비타와 해럴드가 침실로 사용했던 사우스 코티지가 보인다.

오크나무 책상 위에는 그녀가 날마다 마주했던 펜과 클립, 안경, 그리고 흙의 성분을 분석하려고 채취한 샘플들이 잡다하게 뒤섞여 있다. 그리고 브론테 자매를 그린 유명한 초상화의 복제품, 라피스 라줄리(lapis lazuli, 청금석) 받침대 위에 놓인 작은 꽃병과 꽃들, 17세기 몽팡시에 여공작 안 마리 루이즈(1627~1693년)의 회고록 전집, 비타가 사용하던 호박琥珀 담배 파이프, 우체국 저울 세트, 그리고 셰퍼드들의 사진이 든 조그만 달력도 놓여 있다. 책상한 귀퉁이의 조그마한 수납장에는 그녀의 할머니 페피타의 기념품인 무용화 한짝이 들어있다.

비타는 지극히 사적인 영역인 이 공간에서 자주 혼자만의 시간을 가졌다. 시싱허스트에서 보낸 세월 동안 그녀의 아들들이 그곳에 드나든 적은 고작 한 손으로 꼽을 정도이다. 하지만 자신이 소중히 여기는 사람들을 생각나게 하는 물건들에 둘러싸여 있던 비타는 외롭지 않았을 것이다.

그 방에 있는 모든 게 비타에게는 의미가 있었다. 그녀가 사랑해 마지않았던 셰퍼드 롤로의 사진부터 그녀가 해럴드와 함께한 동쪽 지역 여행에서 가져온 조개 모양의 청록색 도자기에 이르기까지. (비타가 버지니아에게 재떨이로 쓰라고 하나를 줬다.) 무척이나 좋아하면서도 어려워했던 어머니로부터 받은 파란색 유리, 비타의 가장 성공적인 소설에 등장했던 중국산 크리스털 토끼. 버지니아의 책에 관한 신문기사를 오려서 보관해 두던 상자, 비타가 물려받기를 간절히 원했던 그곳, 놀을 물려받은 선대 색빌 가문 여주인

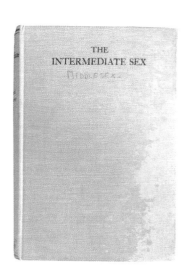

비타가 시싱허스트의 탑에 보관한 책들은 정원 가꾸기에서 지리학, 성 정체성에 이르기까지 다양한 주제를 넘나든다. 그중 하나인 에드워드 카펜터Edward Carpenter의 《중간의 성The Intermediate Sex》.

의 조그만 사진. 버지니아 울프는 언제나 비타의 귀족적인 면모를 좋아했다. "나처럼 고상한 체하는 사람에게는 500년 전의 세계에 대한 그녀의 열정을 따라가는 일이 무척 낭만적인 것으로 다가왔다. 마치 오래된 황금빛 와인처럼."

비타와 해럴드가 폐허가 된 시싱허스트를 살 만한 곳으로 만드는 일을 시작했을 때, 그들이 가장 먼저 손을 댄 일 중의 하나는 성 꼭대기의 작은 탑으로 통하는 방의 벽을 부수는 일이었다. 오늘날, 그 팔각형 탑의 방에는 바닥에서 천장까지 책이 쌓여있다. 해럴드가 연필로, 비타는 색연필로 주석을 달아놓은 원예학, 가드닝 관련 서적들. 도로시 워즈워스Dorothy Wordsworth부터 레이디 캐롤라인 램Lady Caroline Lamb에 이르는 초기의 작가들, 혹은 일찍이 도전적인 성향을 보인 귀족에 관한 책들. 인류학자인 제임스 프레이저 경Sir. James George Frazer의 고전《황금가지The GoldenBough》와 같은 초자연적인, 혹은 영적인 주제에 관한 책들. 그리고 1920년과 1930년대의 뜨거운 화제였던 성, 그리고 성정체성에 관한 해브록 엘리스Henry Havelock Ellis의《성심리의 연구Studies in the Psychology of Sex》, 그리고 비타가 책의 표지에 '미들섹스Middlesex'라는 단어를 적어놓은 에드워드 카펜터Edward Carpenter의《중간의 성The Intermediate Sex》같은 책들이다.

해럴드가 집필한 책들은 비타의 서재에 고스란히 있다. 그가 1923년에 출판한 알프레드 테니슨Alfred Tennyson의 전기《테니슨 Alfred Tennyson》초판본에는 '그녀의 사랑 해럴드 니컬슨'이 비타 색빌-웨스트에게 증정한다고 적혀있다. 당시 두 사람은 결혼한 지 거의 십여 년째였고, 그 후로도 사십 년 더 결혼생활을 했다. 그들의 사랑은 (딱 한 번의 주목할 만한 사건을 제외하고는) 각자가 동성의 연인과 외도를 했다는 사실에 구애받지 않았던 것이다.

그 작은 탑의 여러 책장 아래쪽에는 단순한 디자인의 목재 수납장이 있다. 비타가 세상을 떠난 후, 아들 나이절 니컬슨이 그 수납장 안에서 낡디낡은 글래드스톤 백Gladstone bag을 찾아냈다. 예전에 비타는 낡은 봉투에 편지를 넣어 보낸 것에 대해 버지니아에게 유머러스한 사과를 썼었다. 그녀는 "내 평판뿐만 아니라 문구류 수납장을 여는" 쪼그만 열쇠까지 잃어버렸다고 했다. 비타는 바이올렛 트레퓨시스와의 정신 나간 외도 사건을 적은 회고록

비타가 해럴드와 함께 페르시아에 있을 때 수집하기 시작한 이 파란색 도자기들처럼, 비타의 작업실에 있는 모든 것은 그녀에게 의미가 있었다.

을 그 문구류 수납장 안의 글래드스톤 백에 담아두었었다. 버지니 아를 만나기 직전의 몇 년 동안, 비타의 결혼생활을 완전히 끝장 낼 뻔했던 바로 그 사건이었다.

그로부터 얼마 지나지 않아 시작된 비타와 버지니아의 관계는 앞의 사건과는 사정이 달라서, 비타의 남편 해럴드 니컬슨과 버지 니아의 남편 레너드 모두 지지하는 태도를 보인 경우였다. 두 여인 사이를 이어주는 유대감은 이성과 감성(정신과 심장) 양쪽에서 우러나온 진심이 지배적이었다. 오로지 둘만의 독점적인 관계를 형성한 건 아니었지만.

비타는 버지니아의 글을 숭배했다. "버지니아의 작품을 읽을 때면 나는 낙담해야 할지, 기뻐해야 할지 정말 모르겠다. 나는 절대로 그런 글을 쓸 수 없을 것이기에 낙담하기도 했고, 아니면 다른 누군가라도 이렇게 잘 쓴 사람이 있다는 사실이 기쁘기도 했기 때문이다." 버지니아는 비타가 쓴 "졸음에 겨운 하녀들이 등장하는 소설류"에 대해서 어떨 때는 칭찬의 말을 아꼈다.

"모든 것을 갖춘, 심지어 놋쇠 펜까지 가진 그녀가 왜 글을 쓰는지, 그게 내게는 참 수수께끼다. 내가 그녀라면 11마리쯤 되는 엘크하운드(사슴사냥개)를 거느리고 조상들이 물려준 숲이나 둘러보고 다닐 텐데."

사실, 오늘날 비타는 그녀가 쓴 글보다는 주로 시싱허스트에 조성한 정원으로 더 기억되고 있다. 그에 비해 버지니아 울프는 현대 문학의 거장을 거론하는 목록 어디에나 등장한다. 하지만 1920년대 말에 비타 색빌-웨스트는 버지니아 울프의 가장 매력적인 소설들 중 하나에 영감을 주었다.

《올랜도》는 비타 가문의 조상들과 엘크하운드 개들을 칭송하지만, 또한 비타의 대담함, 성 정체성에 대한 그녀의 탐험도 찬양한다. 따로 그리고 또 같이, 비타와 버지니아는 여성이라는 것이 어떤 의미인지에 대한 문제를 탐구했다. 그리고 두 사람이

나눴던 친밀한 감정들에 관한 이야기가 오늘날 우리를 사로잡
는다.

제1부

1882~1922,
존재의 순간들

01

⋮ 비타, 1892~1913 ⋮

비타(본명은 빅토리아 메리Victoria Mary지만 어머니 빅토리아와 구별하기 위하여 비타Vita라는 이름으로 불리게 됨—옮긴이)는 1892년 켄트의 놀에서 색빌 가문의 2대 남작인 라이어널 색빌-웨스트의 손녀로 태어났다. 비타의 어머니 빅토리아Victoria Josefa Dolores Catalina Sackville-West는 색빌 경의 총애를 받았으나 사생아로, 라이어널 색빌-웨스트와 스페인 무용수 페피타의 혼외 관계에서 태어난 다섯 자녀 가운데 한 명이었다. 색빌 가문의 3대 남작인 비타의 아버지는 색빌 경의 조카이자 계승자였으므로, 비타의 부모는 사촌지간이다. 놀 하우스는 16세기에 엘리자베스 1세가 색빌 일가에 하사함으로써 색빌 가문의 소유가 되었다. 비타의 비극은, 그녀가 본 바와 같이, 자신의 상상력에 그토록 중요한 역할을 했던 이 저택을 여자

시싱허스트에 있는 비타의 도서관 장서표. 비타의 어머니는 그녀가 아끼는 책들 각각을 위해 다른 장서표를 그렸다.

라는 이유로 결코 물려받을 수 없다는 것이었다.

비타의 말에 의하면, 15세기 말부터 17세기 초까지 주요 구역의 작은 탑마다 색빌 가문의 문장인 으르렁거리는 '색빌 표범'이 하나씩 있었다. 하지만 놀 하우스의 놀라운 점은 4에이커(약 16,000제곱미터)의 드넓은 땅에 걸쳐 있다는 것으로, 집이라기보다는 하나의 마을 같다고 버지니아 울프가 말할 법도 하다. 비타는 오랫동안 그 집에 익숙해진 후에도, 여전히 한 방에서 다른 방으로 갈 때면 최적의 경로를 생각하느라 멈춰 서곤 했다고 썼다. 세 개의 긴 화랑에는 중요한 그림들이 가득하고, '왕의 침실'*에 있는 모

---

* 제임스 1세를 맞이하기 위해 준비한 방. 침구 및 소품들을 모두 금과 은으로 꾸몄다.

1892~1913, 존재의 순간들

놀 내부의 제임스 1세 시대 양식(자코비언 양식)의 계단 난간에 가문의 문장인 색빌 표범이 보인다.

든 가구에는 은박이 입혀져 있다. 수천 명에 달하는 놀의 방문객들은 동의하지 않겠지만, 비타는 그것들이 "엄청나게 천박하다"는 사실을 깨달았다. ("색빌 가문의 4대 남작 찰스 색빌은 어느 정도가 되어야 좋은 것들을 충분하게 가진 것인지 알 수 없었다.") 그녀는 대주교의 예배당을 더 좋아했는데, 그곳은 현재 놀 하우스의 비공개 지역에 속해있다. 그곳에는 스코틀랜드의 여왕 메리가 색빌 가문에 남겨준 그리스도의 수난상(십자가상) 조각이 보관되어 있다. 여기가 바로 부모님의 뒤를 이어, 비타가 마침내 결혼하게 되는 곳이다.

중세 시대에 놀은 캔터베리 대주교들의 저택이었으나, 그곳의 청정한 환경과 멋들어진 수사슴들 사냥을 탐내던 헨리 8세가 토머스 크랜머 대주교를 내쫓고 놀을 빼앗았다. 비타는 호기심에 차서 두려움 없이 돌아다니다 놀 하우스 본채에까지 들어온 수사슴과 맞닥뜨린 것을 기억한다. 세븐오크스 마을 안에도 널따란 놀 하우스 공원이 있지만, 오늘날까지도 사슴들은 이 저택의 담 옆에 진을 치고 있다.

초기 놀 하우스의 여주인은 일기 작가인 레이디 앤 클리퍼드Lady Anne Clifford로, 이 자코비언 양식 건물 소유주의 아내였지만 남편과는 평생 적대관계였다. 그녀의 일기에는 "비통하고 무거운 마음"으로 독수공방하는 내용이 가득하다. 놀은 앤 클리퍼드에게는 감옥이 되었다. 그녀와 비타가 느꼈던 것이 이보다 더 다를 수는 없을 것이다. 어린 소녀였을 때도 비타는 무서워하기는커녕 혼자서 촛대를 들고 화랑을 거닐곤 했다. 그녀는 따스한 추억에 잠겨

사슴들은 아직도 놀의 1000에이커(약 400만 제곱미터) 넓이의 공원에서 돌아다닌다. 헨리 8세가 놀을 탐냈던 건 탁월한 사냥터로서의 조건과 청정한 환경 때문이었다.

금박을 입힌 가구와 케케묵은 거울에 어른거리던 불빛에 대해 글을 썼다. 태피스트리가 흔들리면 조각 혹은 그림 속의 얼굴이 어둠 속에서 뛰쳐나올 것 같았다. 이 오래된 저택은 알 수 없는 소리로 가득 차 있었다…. 하지만 그녀는 놀 하우스에 겁내지 않았다. 비타는 "나는 놀을 사랑했다. 그리고 놀도 나를 당연히 사랑할 것이라고 믿었다."고 썼다.

　비타는 아주 어린 시절에도 집안의 기록보관소를 뒤적거리며 스튜어트 왕조의 만찬용 메뉴('피가 배어나도록 구운 사슴고기', 통돼지, 삶은 젖꼭지, 아몬드 푸딩)부터, 색빌 가문의 한 조상이 1648년에 '미국 동부 해안'을 하사받았다는 사실에 이르기까지 상류사회의 낮

비타의 할머니 페피타 듀란은 미래의 색빌 남작과 긴밀한 관계를 맺기 전에 무용수였다. 그녀는 길고 검은 머리와 작은 발로 유명했다.

선 단어들을 골라 읽었다. 이들 세부 정보들―색채들, 스테인드 글라스를 투과해서 들어오는 빛, 오래된 나무에서 나오는 난로 불빛―은 몇 년 후《올랜도》에서 새롭게 조명된다. 놀은 온 세상이었고, 그 자체로 하나의 작은 마을이었다. 그리고 꼬마 비타는 물을 짜는 기계가 세탁물 안에서 돌아가는 모습이나 혹은 사냥터 관리인이 사슴 가죽을 벗기는 모습에 매료되었다. 아름답고 사치스러운 어머니의 공들여 부풀린 화려한 드레스, 그녀의 애완 거북이의 등껍질에 새겨진 다이아몬드 문양을 보는 것에도 빠져들었다. 이런 종류의 세세한 이야기들은 나중에 비타의 베스트셀러 소설인《에드워드 7세 시대의 사람들The Edwardians》에 나오게 된다.

비타는 또한 할머니인 '페피타'에 대한 책도 썼다. 페피타는 국제적으로 알려지게 된 무대에서의 이름이고, 조세파 듀란이 법적인 이름이었던 그녀는 스페인의 무용수였다. 비타의 어머니인 빅토리아가 태어난 1862년 당시, 그녀는 이미 10년째 영국 외교관 라이어널 색빌-웨스트와 불륜 관계에 있었다. 페피타의 아버지는 이발사였고, 어머니는 세탁부였다. (비타의 아들 나이절 니컬슨이 《어떤 결혼의 초상》이라는 제목으로 출간한 회고록에서, 비타는 자신의 할머니를 좀 더 로맨틱하게, 집시와 스페인 공작 사이에서 태어난 사생아로 묘사하고 있다. 그리고 나이절 니컬슨은 실제로, "집시와 스페인 혈통의 귀족"이라는 조합은 비타가 지닌 성격의 양면성을 보여준다고 언급했다.)

라이어널과 페피타의 사실혼 관계는 의심의 여지가 없었다. 페피타는 여전히 그녀의 예전 댄스 교사와 법적으로 결혼한 상태였고, 라이어널과 페피타의 딸 빅토리아는 "아버지가 누구인지 모르는 아이fille de pere inconnu"로 기록되었다. 하지만 그들이 가정을 꾸린 건 기정사실이었고, 아이들은 그들의 부모가 불륜 관계라는 사실을 전혀 몰랐다. 라이어널은 자신의 정부와 다섯 아이를 프랑스 남서부의 한 시골 저택에서 부양했고, 그곳에서 페피타는 자신을 웨스트백작 부인이라 칭했다. 그 이상하고도 목가적인 삶은 1871년 페피타의 죽음으로 갑작스럽게 끝났다. 그때 외교관이었던 라이어널은 부에노스아이레스에서 근무하고 있어서 연락이 닿지 않는 상태였다. 아이들은 2년 동안이나 이웃의 손에 맡겨져 있다가, 여자아이들은 프랑스의 수녀원 학교로 보내졌다. 라이어널이 논란의 여지가 많은, 프랑스어를 사용하는 그의 가족을 데리고 영국으로 건너가 색빌-웨스트 가문으로부터 조심스러운 환영을 받게 된 것은 1880년이 되어서였다.

어쨌든 빅토리아는 영국에 그리 오랫동안 머무르지는 않았다. 라이어널이 미국 워싱턴 주재 영국 공사로 발령을 받자, 열여덟 살의 빅토리아는 (혼외자임에도 자신이 기꺼이 받아들여질 것인지 아닌지에 대해 몇 가지 전략적인 질문을 한 후) 가문의 여주인 자격으로 라이어널과 동행했다. 여주인 역할은 경험이 부족한 소녀에게는 힘겨운 일로 여겨질 법했지만, 실상 그녀의 미모와 매력은 워싱턴을 단번에 사로잡았다. 그녀는 외교관들과 귀족들로부터 받은 25건의 청혼 내용을 나중에 비타에게 확인시켜 주었다. 그 제안들 중에는 미국의 아서 대통령(체스터 A. 아서Chester Alan Arthur, 미국의 21대 대통령. 1881~1885년 재임)으로부터 직접 받은 것도 있었다. 그들이 미국에 도착한 지 5년 후, 미국 신문들은 "외교계에서 가장 아름다운 여성"이 왜 아직도 미혼인지 추측기사를 내보내고 있었다. 하지만 1888년, 다가오는 미국의 대선에 관해 자신의 견해를 부주의하게 밝힘으로써 외교상 중립의 원칙을 위반한 라이어널의 편지 한 통이 협잡꾼 손에 들어가는 바람에, 외교관으로서 그의 경력은 막을 내렸다. 그리고 때마침 형의 죽음으로 라이어널이 색빌의 영주가 되었기에, 그의 가족이 돌아올 곳은 놀 하우스였다.

새로운 영주가 된 색빌 경과 페피타 사이에서 출생한 아이들은 혼외자였기에 색빌 가문의 작위는 라이어널과 이름이 같은, 그래

비타의 어머니인 빅토리아의 그 유명한 미모는 그녀의 일생에 걸쳐 많은 숭배자를 거느렸다.

서 혼선이 야기되는 조카 라이어널이 결국 계승하게 되었다. 조카 라이어널은 주인이 바뀐 놀 하우스를 처음으로 방문한 사람들 가운데 한 명이었다. 그는 자신보다 다섯 살 연상의 매력 넘치는 빅토리아에게 흠뻑 빠졌고, 그들은 곧 결혼하기로 했다. 처음에는 그녀가 주저했으나, 그를 받아들인 순간부터 그들의 교제는 걷잡을 수 없이 관능적으로 펼쳐졌다. 그들은 1890년 6월 17일 놀 하우스 예배당에서 결혼식을 올렸다. 왕세자, 즉 미래의 에드워드 7세가 약혼 선물로 다이아몬드와 진주로 된 브로치를 보냈다. 빅토리아가 말했듯이, "Quel roman est ma vie!(내 인생은 정말 소설 같아!)." 결혼 초기에, 서로를 향한 그들의 열정은 꺼질 줄을 몰랐다. 그들은 욕실에서, 공원에서, 모피로 된 러그 위에서, 그리고 도서관의 소파에서도 사랑을 나눴다. 그리고 빅토리아는 그때마다 일기에 기록을 남겼다. 1891년 여름, 그녀는 자신이 임신했다는 사실을 알게 되었다.

비타를 출산하는 일은 끔찍했다. 자신이 상상했던 그 무엇보다도 백 배는 더 힘들었다고 빅토리아는 적었다. (그녀는 클로로포름을 달라고 애원했는데, 그녀의 남편은 병뚜껑을 열 수가 없었다.) 어쨌든 빅토리아는 아기에게 바로 빠져들었다. 비타는 빅토리아의 금지옥엽이었다. 비타에게 인형 세례를 퍼붓고, 남편이 부재중일 때는 비타를 자신의 침대에 재웠다. 하지만 여성다움에 대한 자신의 기준에 부합하지 않으면 비타를 외면했다. 자신의 어머니에 대한 비타의 감정은 줄곧 혼란스러웠다. 과거를 되돌아볼 때면, 어느 순간 자

자동차가 매우 신기한 대상이었던 1900년에 어머니와 함께한 비타. 이것은 놀의 마구간을 차지한 첫 번째 자동차였다.

신이 아버지를 훨씬 더 좋아했으며 어머니의 조급한 성미에 겁을 먹었다고 말했다가, 다음 순간 비록 가장 이해하기 힘든 사람이긴 하지만 자신의 어머니가 세상에서 "내가 숭배하는" 가장 매력적인 사람이라고 말했다.

비타의 댄스 교사는 말괄량이 비타가 거칠다고 불평을 하곤 했다. 비타는 나중에 보통 아이들은 "짓궂게 구는 것을 대단히 좋아한다"고 말했다. 그녀는 놀 하우스를 방문한 아이들을 나무에 묶고, 그들의 다리를 쐐기풀로 때리고, 콧구멍을 점토로 막았던 일을 기억했다. 그녀는 '가능한 한 남자애처럼' 행동하는 일을 대단히 멋지다고 생각했다. 비타는 그녀의 회고록에서 자신을 "밋밋하고 말랐으며, 부루퉁하고 비사교적이며, 매력적인 구석이 없고—정말로 매력이 없었다!—거칠고, 그리고 비밀이 많았다"고 회상했다.

이 모든 것에도 불구하고, 비타는 할아버지와 돈독한 관계를 맺고 있었다. "색빌 가문이 비사교적으로 되는 것에 실패했다"고 말하곤 했던 비타의 할아버지는 놀 하우스에 오는 방문객들을 피했다. 그래서 놀 가문의 영광을 드높이는 일은 어린 비타의 몫이었다. 비타는 할아버지가 "매우 나이가 많고 별스러웠으며 말수가 적었지만" 아이들을 굉장히 좋아했던 분으로 기억했다. 그들은 상호 동맹 관계였다. 할아버지는 책상 서랍 하나에 비타의 것이라 표시해 두고, 매일 밤 저녁 식사 후 비타에게 줄 과일을 그 서랍에 숨겨두었다. 비타는 딴 세상에 살았다. 세기가 바뀔 무렵 어머니와 아버지의 관계가 매우 나빠지고 있었음에도, 그녀의 인생은 불행과는 거리가 멀었다.

비타는 여전히 외둥이였다. 그녀의 어머니인 빅토리아는 더이상의 임신을 원치 않았다. 아내와 잠자리를 할 수 없어 좌절한 라이어널은 (아내에게는 다행스럽게도) 연인 레이디 콘스탄스 해치에게로 돌아섰다. 빅토리아의 고집으로, 그녀와 라이어널은 남편과 아내라는 외양만 유지하며 계속해서 함께 행사들에 얼굴을 내밀었다.

한편 빅토리아는 엄청난 부자에 몸무게가 150킬로그램이고 그녀보다 열다섯 살이나 많은 미혼남 존 머레이 스콧 경에게 관심을 갖게 되었다. 그는 하트퍼드하우스와 지금은 월레스 컬렉션이라 불리는 어마어마한 미술품 컬렉션을 물려받았다. 이와는 대조적으로 색빌-웨스트 가문은 늘 긴축재정 상태였다. 존 '시어리' 경은 빅토리아에게 메이페어 하우스를 사줬고, 빅토리아의 남편 라이어널은 시어리의 우정과 더불어 그가 놓아 주는 지속적인 보조금을 감사한 마음으로 받아들였다. 시어리는 비타를 딸처럼 대했다. 그가 선물한 크리켓 세트는 여덟 살짜리 아이에게 가장 소중한 보물이 되었다. 그녀와 빅토리아는 (그리고 당연히 라이어널도) 존 시어리와 함께 파리의 루 라피트 가에 있는 존의 거대한 아파트에서 머물기도 하고, 아니면 존이 해마다 가는 스코틀랜드의 하이랜드에 있는 사냥용 별장에서 지내기도 했다.

열세 살이 된 비타는 런던 파크레인의 작은 학교로 통학을 하기 시작했다. 그녀에게 열정을 품은 두 어린 숙녀와 친밀감을 키웠던 것이 이 시기의 몇 년이었고, 비타의 미래를 형성하는 데 도움이 되었던 그들의 열정에 비타도 화답했다.

그 두 소녀는 로저먼드 그로스브너Rosamund Grosvenor와 바이올렛 케펠Violet Keppel(훗날의 '트레퓨시스Trefusis')이었다. 비타보다 나이가 네 살 많은 로저먼드는 웨스트민스터 공작의 친척이자 가족끼리도 친구여서, 언젠가는 놀 하우스에서 비타와 같이 수업을 듣기도 했다. 사랑스럽지만 소극적이었던 그녀는 더 역동적인 비타의 마성에 빠져버렸는데, 그녀가 비타에게 끌린 건 전적으로 육체적인 면에서였다. 바이올렛 케펠의 경우는 좀 더 복잡하고 난

처한 경우에 속했다. 비타의 아들 나이절 니컬슨은 (비타의 회고록에서) 로저먼드가 어렸을 때 쓴 편지를 읽은 뒤 바이올렛의 편지를 읽으면, "작은 폭죽을 만지작거리다, 비로소 로켓을 만지게 된 기분과 같았다"고 썼다.

에드워드 7세의 정부 앨리스 케펠Alice Keppel과 앨버말Albemarle 백작의 아들과의 사이에서 태어난 바이올렛은 비타보다 두 살이 어렸다. 아이답지 않게 매우 조숙하고 열정적인 바이올렛은 각기 다른 두 사람이 그들 사이에 하나의 위대한 사랑을 이룩한다는 생각에 사로잡혀 있었다. 비타는 그녀의 것이어야 했다.

그들은 모든 면에서 공감대를 형성했다. 친족들의 화려한 인맥에서부터 책에 중독된 것, 그리고 프랑스와의 강한 유대감에 이르기까지. 티파티에서의 첫 만남 이후 그들의 동선은 계속해서 겹쳤고, 특히 이탈리아에서 두드러졌다. 비타에 의하면, 1908년 봄에 바이올렛이 "나를 사랑한다고 말했다"고 한다. 열여섯 살 때 비타의 키는 거의 180센티미터에 이르렀다. 그리고 이제는 공식적인 색빌-웨스트 남작의 영애였다(비타의 할아버지가 그해 가을에 세상을 떠나고, 비타의 아버지가 남작의 지위를 물려받았다).

비타는 남작의 딸이 되지 못할 수도 있었다. 비타의 외삼촌 헨리는 한갓 2대 남작 라이어널의 조카에 불과한 비타의 아버지보다는 2대 남작과 페피타 사이의 아들인 자신이 색빌 가문의 작위를 물려받는 것을 가로막는 것이 혼외자라는 장애물임을 너무도 잘 알고 있었다. 그는 오랫동안 작위를 되찾기 위해 노력하다 드

1919년 존 레이버리 경이 그린 바이올렛 트레퓨시스의 초상화. 비타의 결혼을 끝장낼 뻔했던 치명적인 매력이 여지없이 드러난다.

디어 소송을 강행했다. 이기기 위해서는 그의 어머니 페피타가 늙은 색빌 영주와 기혼관계일 뿐만 아니라, 스페인 댄스 교사와 결혼한 적이 없었다는 것 또한 증명해야 했다. 1910년 초, 마침내 이 사건(그리고 물론 서류들도)은 법정에 올랐지만, 그는 결국 사실관계를 입증하는 데 실패하고 말았다.

빅토리아는 남편의 작위와 자신의 위치를 지키기 위해, 아이러니하게도 자신이 사생아라는 사실에 공개적으로 이의를 제기해야만 했다. 비타와 그녀의 부모가 의기양양하게 놀 하우스에 돌아올 때, 지역 소방대원들이 승소를 축하하며 마차에서 말들을 풀

비타의 부모님이 색빌 상속 소송에서 이기자, 세븐오크스 주민들이 승소를 축하하며 반기고 있다.

어버리고는 자신들이 놀 하우스까지 마차를 끌었다. 세 명밖에 안되는 비타의 가족은 그들의 소유가 된 놀 하우스에 새로이 자리를 잡았다. 하지만 비타는 자신이 여자이기에 이 땅이 절대로 자신의 것이 될 수 없다는 사실을 알고 있었다. 빅토리아는 "놀 하우스를 위해 돈이란 돈은 다 끌어다 댔다. 빅토리아가 이 일에 대해 이야기하는 것을 듣는 사람은 그녀가 집을 지었다고 생각했을 것이다." 비타는 집에 대한 아버지의 애착이 그리 확실하지 않다는 점에 주목했다. 그리고 그녀 자신의 병적이라고도 볼 수 있을 강한 열정에 대해서도 생각했다. 하지만 그녀의 삶은 어딘가 다른

1892~1913, 존재의 순간들

곳에서 펼쳐질 운명이었다.

1910년 화가 필립 드 라즐로Philip de László가 비타를 그렸다. 그리고 비타는 로저먼드와 함께 지내기 위해 피렌체 위쪽에 있는 피에졸레로 갔다. 그곳에서 그녀는 이탈리아인인 푸치 후작으로부터 재차 구애를 받았다. 예전에 방문했을 때도 그는 비타와 사랑에 빠졌었다.

열여덟 살의 비타는 이제 더이상 건방지고, "다루기 힘들고 삐쩍 키가 큰" 건방진 십 대가 아니었다. 그녀는 한창 피어있었다. 그렇지만 여전히 자신의 사교계 데뷔를 "불쾌하고, 성공적이지 못한 과정"이라 표현했다. 비타는 학구적이었고, 어릴 때부터 모험담과 시, 희곡, 역사 소설, 자신의 가족에 대한 많은 이야기가 담긴 일기를 써왔다. 1910년 6월 29일, 런던의 어느 디너파티에서 그녀는 젊은 외교관 해럴드 니컬슨을 만났다. 비타는 해럴드에게 놀 하우스에 가서 공원에서 열리는 셰익스피어 가면극을 보자고 했다. 영국의 대표적 셰익스피어 여배우 엘렌 테리Ellen Terry와 윈스턴 처칠의 부인 등 켄트주 스몰하이스에서 온 이웃들을 포함하여 프로와 아마추어들이 뒤섞인 공연이었다.

비타는 연이어 해럴드를 놀 하우스로 초대했고, 그도 계속 초대에 응했다. 하지만 어느 여름, 폐렴의 조짐을 보이는 독감이 돌자 비타의 어머니는 그녀를 남쪽의 몬테카를로 근처의 빌라에서 6개월간 지내게 했다. 이때가 바이올렛 케펠이 비타에게 좀 더 깊은 감정을 내비쳤던 시기였다. 그들은 1911년 봄에 집으로 돌아

비타의 열여덟 번째 생일을 기념하여 사교계 화가 필립 드 라즐로가 그린 비타의 초상화. 만년의 비타는 "지나치게 똑똑해" 보인다는 이유로 이 초상화를 싫어했다.

1892~1913, 존재의 순간들

켄트주의 스몰하이스는 여배우 엘렌 테리의 고향이었다. 엘렌이 출연했던 셰익스피어 가면극에 비타도 참가했다.

엘렌 테리가 〈베니스의 상인〉에서 여주인공 포샤를 연기할 때 입었던 의상을 비타가 입고 있다.

왔다. 비타는 아버지와 함께 국왕 조지 5세의 대관식에 갔고, 사교계 데뷔 파티에도 끊임없이 참석했다.

비타는 자동차를 소유했고, 당시에는 파격적으로 운전도 직접했다. 그리고 그녀는 놀의 공원에서 새끼 곰에 목줄을 채워 산책에 데리고 다니기도 했다. 그녀는 로저먼드 그로스브너에게 육체적으로 강하게 끌림과 동시에, 마드리드의 영국 대사관에서 근무하다 향수병에 걸려 집으로 돌아온 해럴드 니컬슨에게도 애정을 두고 있었다. 해럴드는 성공 가도를 달려온 외교관의 아들이었다 (그리고 그의 이모는 인도의 전 총독 더퍼린 경과 결혼했다). 하지만 비타의 부모님에게 자신을 당당한 사윗감으로 소개할 정도의 재산가는 아니었다. 놀 하우스의 무남독녀는 좀 더 대단한 인물을 바랐을지도 모른다. 젊은 청년과 연애 중이던 해럴드도 비타보다 더 열정적으로 보이지는 않았다.

1912년 1월, 오랫동안 비타에게 아버지 같은 존재였던 존 시어리가 죽었다. 그 소식을 들은 다음 날 비타는 햇필드하우스의 무도회에 참석했다. 해럴드는 연회용 장갑의 단추를 잡아 뜯듯 풀며 비타에게 청혼했다. 비타는 그에게 기다려 달라고 간청했다. 비타의 어머니는 아직 공식적인 약혼은 안 된다고 고집했다(그리고 서로의 편지나 대화에서 '달링'과 같은 표현을 주고받으면 안 된다고 했다). 해럴드가 다음 근무지인 콘스탄티노플에서 업무를 수행하고 있는 동안, 비타는 귀족들의 영지에 있는 저택을 방문하고, 좋아하지도 않으면서 파티에 참석하고, 프러포즈를 받는 삶을 이어나갔다.

그래도 비타는 며칠에 한 번씩은 해럴드에게 편지를 썼고, 해럴드도 그녀에게 편지를 썼다. 비타가 자신이 행복하지 않다는 사실을 인정하고 털어놓는 대상은 자신의 일기뿐이었고, 이제는 자신이 그를 사랑하지 않는 것이 확실했다. 그렇지만 몇 주 후, 그녀는 자신의 어머니에게 해럴드가 자기 인생의 모든 것이라고 말했다. 로저먼드는 종종 놀 하우스에서 머물렀다. 그리고 비타의 약혼이 공표되지 않았으므로, 그녀는 신랑감으로 충분한 자격을 갖춘 남자들로부터 계속 주목을 받았다. 그녀에게 구애했던 사람들로는 러틀랜드 공작의 아들인 그랜비 경, 그리고 비타를 화려한 헤어우드하우스*의 여주인으로 만들어 줄 수 있었던 라셀스 경도 있었다. 라셀스 경은 비타에게 거절당하자 대신 조지 5세의 딸 프린세스 로열 메리 공주와 결혼했다.**

그해 봄 비타는 로저먼드와 피렌체에 갔다. 해럴드에게는 자신이 아직 준비가 안 됐다고 말했다. 만약 그들이 가을에 결혼하게된다면 "결국에는 모든 게 끝나겠지. 난 이제 겨우 스무 살인데!" 해럴드가 여름에 휴가차 돌아왔을 때까지도 비타는 라셀스 경을 확실하게 거절하지 않았다. 하지만 9월의 마지막 주말에, 해럴드는 근무지로 돌아가기 전에 놀 하우스의 전시실을 거닐며 비타에게 키스를 하고 그녀를 자신의 아내라고 불렀다. 그것은 비타가연인들에게 요구했던 일종의 적극적인 제스처였다; "나는 그를 사랑해."

하지만 이 이야기가 끝나려면 아직 멀었다. 해럴드가 콘스탄티노플로 떠나자, 비타와 로저먼드는 피렌체로 돌아갔다. 그리고로저먼드는 비타에게 이렇게 말할 수 있다고 생각했다. "남자들은 왔다가 떠날 수 있지만, 난 영원히 안 떠날 거야." 비타는 자신의 회고록에서 "나는 남자들에게 끌리지 않았다. 소위 말하는 '그런 쪽'으로는 남자들을 염두에 두지 않았다. 여자들에게 끌렸다."고 말했다. 그리고 로저먼드의 주된 질투 상대는 해럴드가 아니

---

* 헤어우드하우스Harewood House: 영국 10대 귀족 가문의 하나인 헤어우드 가문의 영지 저택으로 잉글랜드 웨스트요크셔에 있다. 18세기 영국 최고의 가구 디자이너 토머스 치펀데일Thomas Chippendale이 가구를 디자인했다.
** Princess Royal: 왕의 제1 공주에게 부여하는 호칭. 단 한 명만 존재한다. 현재의 로열 프린세스는 엘리자베스 2세의 딸 앤 공주이다.(—옮긴이)

비타의 구혼자인 해럴드, 그리고 로저먼드 그로스브너 두 사람은 1913년 빅토리아에게 남긴 시어리 경의 유산에 대해 이의를 제기한 시어리 가문과의 문제로 출두하는 비타와 그녀의 아버지를 따라 법정에도 함께 갔다.

라 바이올렛 케펠이었다. 크리스마스 때 비타는 일기장에 "난 못 하겠어, 그를 위해 모든 것을 포기할 수는 없어."라고 썼다. 5월에 비타는 해럴드에게 약혼 취소 전보를 보냈다. 해럴드가 이 문제를 진지하게 받아들여야 하는지 묻는 회답 전보를 보내자, 비타는 다시 전보를 쳤다. 아니라고. 로저먼드가 해군 장교와 약혼을 하게 되자, 바이올렛 또한 제럴드 웰즐리 경Lord Gerald Wellesley과 약혼을 했다.

하지만 런던 시즌이 한창이었고 런던의 리츠호텔에서 비타가 로댕과 존 싱어 서전트, 그리고 윌리엄 월도프 아스터 부인과 점심 식사를 함께한 1913년 초, 색빌 가족에게는 다른 문제가 있었다. 시어리는 비타의 어머니에게 유언으로 후한 돈을 남겼다. 매우 아름다운 가구 컬렉션도 넘겨주었는데, 빅토리아가 곧장 팔아 버렸다. (빅토리아의 새로운 팬은 미국 백만장자 J. P. 모건과 윌리엄 월도프 아스터였다.) 그런데 이제 시어리 가문은 그 유언장에 이의를 제기하고, 색빌 가문이 과도한 영향력을 행사했다고 주장했다. 6월에 이 사건이 법정으로 가자, 언론과 고상한 귀족사회 양쪽이 시끌시끌해졌다.

비타는 다시 휴가를 나온 해럴드, 그리고 로저먼드와 함께 색빌 가문 여주인이 승리하는 장면을 지켜보기 위해 재판정으로 갔다. 비타는 그 사건이 어머니에 대한 자신의 숭배 감정을 다시 일깨웠다고 했다. 나중에 가서야 그녀는 자신의 아버지가 얼마나 정신적으로 고통스러웠을지 깨달았다. 시어리가 비타에게 붙여 준

해럴드는 1918년 윌리엄 스트랭이 그린 비타의 초상화 〈빨간 모자를 쓴 여인〉이 진정한 비타의 모습을 반영한 그림이라고 생각했다. 드 라즐로가 에드워드 7세 시대의 미적 기준에 맞춰 그린 비타와 얼마나 다른 분위기인지를 알 수 있다.

1892~1913, 존재의 순간들

애칭인 '꼬마 아이'가 실재한다는 사실을 증거하기 위해 비타는 법정에 소환되었다. 기소 내용들 가운데 하나는 비타의 어머니가 2년 전에 남몰래 시어리의 개인적인 서류들을 뒤지는 장면을 목격했으며, 유언 보충서를 찾고 있는 것 같았다는 것이었다. 비타는 자신이 그날 몸이 안 좋았고, 그래서 어머니가 자신과 함께 있었다는 것을 입증할 수 있었다. 그 사건은 기각되었다. 늘 그래왔 듯이. 하지만 비타는 코코넛 떨어뜨리기 게임의 코코넛이 된 것 같은 기분이 들었다. 어쨌든, 그 사건이 잘 마무리된 안도감에, 그녀는 해럴드에게 가을에 그와 결혼하겠다고 말했다.

02

∶ 버지니아, 1882~1913 ∶

1939년에 버지니아 울프가 쓴 부분적인 회고록(3부로 구성한 한 권의 단행본으로, 1976년 출간함―옮긴이)인 《지난날의 스케치》에서, 그녀는 자신의 출신 내력을 자조적으로 서술하고 있다. 버지니아는 자신의 본명이 애들린 버지니아 스티븐이라고 밝히면서, 1882년 1월 25일에 레슬리 스티븐과 줄리아 프린셉 잭슨Julia Prinsep Jackson의 둘째 딸로 태어났으며, 매우 많은 조상들(몇몇은 유명했고, 나머지는 아니었던)의 후손이라고 농담처럼 말했다. 그녀의 부모님은 부자는 아니었지만 유복했다. 그래서 그녀는 자신이 "대화를 즐기고 학식이 있으며, 서신 교환과 방문을 좋아하며, 생각을 명확히 전달할 수 있는 19세기 후반 사회"에 태어난 것을 자축할 수 있었다.

버지니아의 아버지 레슬리 스티븐. 빅토리아 시대의 유명한 문인, 수필가이자 사상가였다.

버지니아의 아버지 레슬리 스티븐 경은 유명한 식민지 관료이자 학구적이고 노예제도 반대 운동가였던 제임스 스티븐 경의 아들로, 헨리 제임스·윌리엄 메이크피스 새커리·로버트 루이스 스티븐슨 같은 작가들의 친구이기도 했다. 원래 영국국교회 목사였던 레슬리 스티븐은 신앙심을 잃은 후 문학으로 돌아섰고,《불가지론자의 변명An Agnostic's Apology》과《사상과 언론의 자유Freethinking and Plainspeaking》등 획기적인 작품의 저자였다. 또한 버지니아가 태어나고 3년 후에는 국가 주도의 영속적인 출판사업인 '영국인명사전'의 초대 편집자가 되었다.

버지니아의 어머니 줄리아는 레슬리 스티븐의 두 번째 아내였다. 그의 첫 결혼은 아내였던 윌리엄 메이크피스 새커리의 딸 미니 새커리(해리엇 메리언 새커리)가 임신중독증으로 사망하면서 끝이 났다. 인도에서 태어난 영국인으로 매우 아름다웠던 줄리아도 심란하기 이를 데 없는 미망인의 신분이었다. 그녀가 사랑했던 남편인 법정 변호사 허버트 덕워스가 일찍 세상을 떠난 것이다. 레슬리 스티븐처럼, 줄리아 역시 버지니아의 세계관을 형성하는 데 도

갓 스무 살인 1902년에 찍은 버지니아의 사진. 어린 버지니아 스티븐은 여러 라파엘 전파 화가들을 위한 모델이었던 그녀의 어머니 줄리아의 부드럽게 빛나는 미모를 물려받았다.

버지니아의 어머니 줄리아는 그
녀의 이모이며 선구적인 사진작
가인 줄리아 마거릿 캐머런을 위
해 종종 모델이 되어 주었다.

움을 주었을 명문가 출신이었다. 줄리아의 어머니는 일곱 명의 유
명한 패틀 자매들 가운데 하나였고, 줄리아의 이모인 사라 프린셉
이 사는 리틀홀랜드하우스를 중심으로 형성된 그녀들의 인맥은
밀레이Millais에서 뒤 모리에du Maurier까지, 테니슨Alfred Tennyson
부터 와츠George Frederic Watts, 그리고 라파엘 전파 화가들까지 망
라했다. 줄리아의 이모들 가운데에는 사진작가 줄리아 마거릿 캐
머런Julia Margaret Cameron도 있다. 줄리아는 캐머런의 모델이었고,
화가인 와츠와 에드워드 번-존스Edward Coley Burne-Jones의 모델
이기도 했다.

　가족의 영국인-인도인 혈통은 마리 앙투아네트Marie Antoinette
의 시종이자 어쩌면 연인이었을지도 모르는 호수의 기사Chevalier

바네사(왼쪽)와 버지니아(오른쪽), 그리고 그들의 이복언니인 스텔라 덕워스(가운데). 젊은 나이로 세상을 떠나기 전까지 스텔라는 두 자매에게 어머니 같은 존재였다.

de l'Etang의 딸과 한때 결혼했던 캘커타의 제임스 패틀의 경험담에서 흥밋거리로 등장했다. 하지만 버지니아의 가족은 문학적이고 성공한 남자들뿐만 아니라 진취적이고 개혁적인 여성들의 강렬한 연대를 자랑해도 될 듯하다. 이 가족의 끝없이 촘촘하게 뻗은 연결망이 아마도 나중에 블룸즈버리 그룹으로 이행되었을 것이다. 그 구성원들의 다수가 겹친다.

1875년 레슬리 스티븐이 홀아비가 되었을 때, 줄리아는 허버트 덕워스와의 사이에서 낳은 열 살이 채 안 된 세 아이—조지, 스텔라, 제럴드—의 어머니였다. 줄리아는 같은 상류 예술계 사회로 옮겨온 스티븐 집안을 알고 있었고, 우연히도 하이드파크 게이트에서 옆집에 살고 있었다. 줄리아와 레슬리는 1878년 3월 26일에 결혼을 했다. 그들의 맏딸 바네사가 1879년에, 그로부터 16개월 후에 맏아들 토비가 태어났다. 버지니아가 태어난 다음 해인 1883년에 넷째 에이드리언이 뒤를 이어 태어났다.

켄싱턴로드에서 좀 떨어진 하이드파크 게이트 13번지(나중에 22번지로 지번이 변경됨)에 있는 이들 가족의 집은 새로 지어진 박물관 옆에 있는 아주 큰 저택으로, 속속들이 빅토리아 양식으로 채워져 있었다. 버지니아는 마치 관찰자처럼, 그러나 별로 흥미를 느끼지 못하는 어린아이의 시선으로 이곳에 관해 쓰곤 했다. 버지니아와 그녀의 남매들은 "망망대해를 항해하는 배들처럼… 난로의 따뜻한 불빛에 둘러싸여 행복하게" 움직였고, "바지들과 치마들"로 대변되는 어른들의 세계는 아이들을 건드리지 않고 내버려 뒀다. 버지니아 어머니의 일상은 가난한 사람들을 돌보고 대가족을 챙기는 일에, 그리고 남편 레슬리 스티븐의 이런저런 긴급한 요구들에 매여있었다. 버지니아는 어머니가 혼자 있는 모습을 거의 본 적이 없다고 불평을 했다. 훗날 버지니아는《자기만의 방》에서 자신의 어머니로 대표되는, 오래도록 고통받고 자기희생적인 "집안의 천사"의 목을 조르기 위한 자신의 노력에 관해 썼다. 버지니아가 그 천사를 죽이지 않았다면, "그 천사가 나를 죽였으리라."

그 시절은 켄싱턴가든을 매일 산책하며 버지니아가 라운드 폰드(켄싱턴가든의 명물인 둥근 연못―옮긴이)에서 장난감 배를 띄우고 자매들이 각자 지어낸 이야기를 서로에게 들려주던 세상이었고, 어머니가 딸들에게 먼저 가르침을 준 후 아버지와 유익한 대화를 나누게 하던 세상이었다. 나중에 버지니아가 썼던 대로, "소박한 의무"와 "적절한 쾌락" 등에 대해서. 하지만 버지니아는 자신의 어린 시절을 기록하기 위해 어른이 될 때까지 기다리지는 않았다. 버지니아가 막 아홉 살이 되던 1891년 2월부터, 스티븐가의 아이들은 자신들이 가장 좋아하던 〈팃-비츠 매거진〉(1881년 창간한 영국의 주간지—옮긴이)을 흉내 낸 가족신문 '하이드파크 게이트 뉴스'를 열심히 손글씨로 써서 발행했다.

그때는 해마다 여름이면 바닷가에서 보내던 시절이기도 했다. 레슬리 스티븐은 1881년 콘월에서의 도보여행 중에 세인트아이브즈 해안을 굽어보는 탈란드하우스를 발견했다. 그리고 다음 해, 버지니아가 태어나던 1892년에 처음으로 그의 가족들은 이곳을 방문했다. 그 작은 어촌 마을은 당시 이미 관광객과 예술가들의 관심을 끌기 시작하고 있었다. 레슬리 스티븐은 그곳을 '주머니 속의 낙원'이라고 불렀다. 잔잔한 바닷바람, 아이들에게 기쁨을 안겨주는 장소가 곳곳에 숨어있는 정원, 넘쳐나는 '포도와 딸기와 복숭아들', 아늑한 모래사장으로 이어지는 오솔길. 그로부터 12년간 가족들은 매년 6월부터 10월까지의 긴 여름휴가를 그곳에서 보내곤 했다. 그 시절의 파도 소리, 창문에 드리운 차일遮日이 바람에 돛처럼 부풀어 출렁이던 풍경의 기억이 버지니아가 성인이 되어 쓴 소설에서 내내 회상하던 것들이다. 레슬리 스티븐은 그곳에서의 그들의 삶을 "오랫동안 집안에 밀도 높은 행복이 꽃피던 시기"였다고 적고 있다.

바네사가 4남매의 막내인 에이드리언 스티븐과 크리켓을 하는 모습.

물론 그건 단지 동전의 한면에 지나지 않았다. 남자 형제들이 학교에 다니게 되면서부터 토비가 '섬망' 징후를 보였다는 기록이 남아 있다. 어쩌면 자살을 시도한 것일 수도 있는 증세였다. 머리를 맞아 다친 사촌—젊은 나이에 정신병동에서 생을 마감한—이 하나 있었는데, 그는 성인 티가 나면서 점점 더 아름다워지는 스텔라 덕워스에게 집착했다. 그리고 레슬리 스티븐과 그의 첫 번째 부인 미니와의 사이에서 태어난 딸, 로라가 있었다. 버지니아가 나중에 회상한 바에 따르면, "공허한 눈을 가진 그 소녀는 발달장애가 더욱 확실해지고 있었다". 로라가 실제로 어떤 고통을 겪고 있었는지 알 방도는 없지만, 1890년대 초기에 그녀는 레드

세인트아이브즈 해변을 굽어보는 탈란드하우스는 12년 동안 스티븐 가족이 사랑한 여름별장이었다. 이곳에서 보낸 휴가의 기억들이 버지니아의 소설 《등대로》에 영향을 주었다.

힐의 '정신병원'에 머물고 있었다.

《지난날의 스케치》를 집필하면서 버지니아가 기억을 떠올려 묘사하기에 괴로웠던 존재가 로라 하나만은 아니었다. 탈란드하우스의 식당 바깥쪽에는 접시들을 세워 둘 때 사용하는 판석이 있었는데, 언젠가 "내가 아주 어렸을 때", 버지니아보다 열두 살 위의 이복오빠 제럴드 덕워스가 그 판석 위에 그녀를 들어 올려 앉히고는, "나의 몸을 더듬기 시작했다". 제럴드의 손이 그녀의 옷 속으로 들어와, 점점 더 아래로 내려오던 느낌을 그녀는 기억할 수 있었고, 책에도 썼다. 버지니아는 그가 멈추기를 얼마나 간절히 원했던가. 그의 손길이 자신의 은밀한 부분으로 다가올수록

바네사(사진)와 버지니아는 우애가 좋았으나 경쟁심도 있었다. 버지니아는 언니의 '지배력'—훨씬 더 여성스러운—을 시샘했을 법하다.

버지니아는 몸이 뻣뻣해졌고 그에게서 벗어나려고 필사적으로 꼼지락거렸던 것을 기억했다. 1941년 자살 직전에, 버지니아는 친구에게 쓴 편지에서 이 사건이 아직도 자신을 "수치심으로 몸서리치게 만든다."고 말했다.

이보다 앞서 다른 트라우마들도 있었다. 1895년 3월 초, 열세 살의 버지니아는 자신의 어머니 줄리아가 독감에 걸린 이후 "굉장히 허약해졌다."고 묘사했다. 줄리아는 결국 건강을 회복하지 못했다. 그 허약함이 류머티즘열로 진행해 5월의 첫 주가 지나기 전에, 줄리아는 세상을 떠났다. 다른 형제들처럼 버지니아도 누군가가 어머니의 방으로 데려가서, 엉뚱한 구석이 있는 버지니아가 가족들 사이에서 '작은 염소'라는 애칭으로 불리게 해준 어머니에게 작별 인사를 하게 했다. 그리고 그 방에서 다시 어머니의 시신을 봐야 했다. 버지니아는 어머니와의 작별 키스가 "마치 차가운 쇳조각에 키스하는 것 같았다."고 기억했다. 그녀는 "아무런 감정도 느끼지 못할까봐" 두려웠다.

레슬리 스티븐은 탈란드하우스를 포기하기로 이미 마음을 먹었다. 탈란드하우스의 경관을 가로막게 될 호텔이 들어설 예정이기 때문이었다. 그것으로 세인트아이브즈에서의 목가적인 삶은 막을 내렸다. 그 대신, 가족들은 와이트 섬의 프레시워터에 있는 딤볼라 별장으로 여름을 지내러 갔다. 그곳은 사진작가 줄리아 마거릿 캐머런의 가족이 사용하는 곳이었고, 집안에는 그녀가 찍은 줄리아 스티븐의 사진들이 걸려있었다. 버지니아는 그곳에서는 "감정을 건드리는 게 너무 많아 목이 메었다."고 적고 있다.

오랜 세월이 흐른 후 버지니아는 그 집에서 가장 좋은 시간이었던 '여름날 오후의 세계'를 그린 희극《프레시워터》를 썼다. 거기에는 멋진 딸기 그릇들과 패틀 자매들의 아름다움이 넘쳐났고, 알프레드 테니슨과 엘렌 테리 같은 매력적인 손님들로 가득했다. 하지만 당시 그녀는 "부끄러움과 소심함으로 반쯤 정신이 나간" 상태에서 "간헐적으로 밀려드는 격한 감정의 파도" 때문에 고통

　　　　　1892~1913, 존재의 순간들

스러워했고, 때로는 분노했다. 심지어 그녀의 상실감을 넘어서서, 아버지의 과한 행동, 고통과 그리고 당시 겉치레식 애도를 과시하는 관행에도 버지니아는 반발했다.

어머니인 줄리아가 세상을 떠나기 전부터 버지니아의 "어려운 상황"에 대한 언급이 있었다. "아버지에게, 오빠 조지에게" 마음속으로 격렬히 분노하며 끝없이 책을 읽던 2년 동안 그녀는 글을 쓸 수 없었다. 버지니아 울프가 "미쳤었다"는 건 자명한 사실이며, 그녀의 광기는 역설적으로 그녀가 지닌 천재성의 이면으로 보인다. 때로, 그녀가 보인 증상들은 후대에 우리가 우울증이라고 명명한 것과 더 유사하게 보인다. 그녀는 죽을 때까지 사회적인 압력이라는 외부적인 환경과 내면으로 침잠하는 성향이 거미줄처럼 복잡하게 얽힌 상황에서 놓여나지 못했다. 이는 생화학적 작용에 의한 호르몬의 교란, 혹은 지금에 와서는 서투른 의학적 치료로 보이는 것과는 관계가 없는 문제였다. 하지만 가족들은 버지니아를 의사에게 보여야 한다고 생각했고, 그 의사는 공부는 전혀하지 말 것이며 하루에 4시간 동안 운동을 하라는 처방을 내렸다.

가족과 함께하는 그녀의 삶은 계속되었다. 이듬해 봄에는 브라이턴에서 가족휴가를 보냈다. 여름휴가는 하인드헤드(Hindhead, 서리주에 위치한 마을—옮긴이)로 갔고, 그곳에서 스텔라는 가족의 지인이자 수습 사무변호사인 잭 힐스와 약혼을 하게 된다. 잭 힐스는 바네사와 버지니아의 삶에서 환영받을 만한 영향력을 지닌 인물이었다. 잭과 스텔라가 나눈 사랑은 "빛나고, 열정적이며, 선명하고, 강렬해서" 그녀가 이상적인 모습으로 묘사할 만했다. 다가오는 봄에 치를 결혼을 준비하는 일은 행복했다. 4월의 결혼식을 위한 흰색의 장미와 레이스 드레스들. 부부는 짧은 신혼여행을 떠났다. 그런데 그들이 여행에서 돌아오자마자 스텔라가 임신 초기의 합병증으로 오한과 위염을 앓기 시작했다.

그해 6월 버지니아는 류머티즘열에 걸려 스텔라의 집에서 간호를 받고 있었다. (레슬리 스티븐은 의붓딸 스텔라가 자신의 집 근처에서 살림을 차려야 한다는 전제하에 결혼을 허락했다.) 7월 14일 밤 스텔라는 '불안감'에 시달리는 버지니아 옆에서 밤을 지새웠다. 버지니아의 신경증을 가족들은 이렇게 불렀다. 그러다 갑자기 스텔라의 건강이 나빠졌다. 응급 수술을 받았음에도 불구하고 몇 시간 지나지 않아 그녀는 사망했다. 아직 열여섯 살도 안 된 버지니아에게는 기이하게 느껴질 정도로 시련과 상실의 나날들이 이어졌다. 1898년 1월 1일자 일기에서 버지니아가 "힘들어도 용기를 내서 앞으로 나아가자."라고 스스로에게 다짐할 만도 했다.

어머니 줄리아가 세상을 떠났을 때 스텔라가 어머니의 역할을 이어 갔던 것처럼, 열여덟 살의 바네사가 이제 스텔라의 역할을 이어 가야했다. 우리는 망할 것이라고 시도 때도 없이 소리치는 아버지의 고함을 들어가며 집안의 가계부를 관리하는 책임을 짊어져야 하는 사람은 '네사(바네사의 애칭—옮긴이)'였다. 버지니아 또한 아버지의 '무분별하고, 동물적이며, 흉포한' 분노를 보며 자신도 좌절과 분노를 느끼곤 했다.

스티븐가의 자매들이 결혼적령기에 이르자, 자녀들 중 맏이인 이복오빠 조지는 (버지니아는 조지가 빅토리아 시대의 사회규범을 맹목적으로 받아들인 사람이며, 그녀의 다른 남매들은 지성적인 현대인이었다고 말했다.) 두 자매를 상류사회에 진출시키기 위한 작전에 착수했다. 그들의 아버지 레슬리는 건강을 잃고 청력도 안 좋아져 뒷자리로 물러앉은 상태였다. 두 자매 모두 고통을 겪었다. 버지니아는 이때의 경험을 두고 "그리스 노예의 시간"이라는 이름을 붙였다. 그림에 소질이 있는 바네사와 글쓰기에 재능이 있는 버지니아는 "간섭받고, 제 목소리를 내지 못하며, 억지로 외출해야 하는 상황에 대항해서 늘 치열한 공방전을 벌였다." 그랬건만, 실상 조지의 압박은 거기에서 그치지 않았다.

조지의 접근은 십 년 전에 있었던 제럴드의 성적인 시도보다는 덜 직접적이었다. 버지니아의 조카이며 바네사의 아들인 전기작가 쿠엔틴 벨이 조지와 제럴드를 "역겨운 근친상간의 성적 취향"을 지닌 인물들로 묘사할 만했다. 이 일들로 인해 버지니아가 평생 "경직되고 방어적인 공황상태"에 사로잡히게 되었다는 것이 쿠엔틴의 분석이다. 조지는 밤에 버지니아의 방으로 가서 그녀의 침대에 달려들어 "키스하고 껴안거나 포옹을 했다." 성적 학대에 가까운 그의 요구들은 육체적인 것보다는 감정적인 것이었다고 주장할 수도 있다. 후에 버지니아는 조지의 행동을 "반쯤 정신이 나간" 것으로 본 바네사의 견해에 공감했다. 버지니아도 "그가 나를 미치게 했다."고 말했다.

레슬리와 줄리아 스티븐과의 사이에서 태어난 4남매 중 맏아들인 토비 스티븐의 우월한 모습. 친구들 사이에서 '고스the Goth'로 불렸다.

두 자매 모두 조지와 상당히 친밀한 관계를 유지하고 있었다는 점, 그리고 버지니아의 남편 레너드가 조지를 매우 친절한 사람이라고 늘 말했던 점은 조지의 행동이 정말로 얼마나 부적절했는가를 판단하는 것에 약간의 혼선을 준다. 심지어 버지니아가 1921년과 1922년에 블룸즈버리 회고록 클럽Bloomsbury Memoir Club에서 낭독하기 위해 쓴 글에서 조지를 묘사할 때 그녀가 의식적으로 문학적인 단어들을 사용했다는 의견이 제시되기도 했다. 어쨌든 바네사는 조지의 행동에 대한 버지니아의 생각에 동의했던 것으로 보인다. 그럼에도 불구하고, 예전에 가족 사이에 풍파가 있었을 때와 마찬가지로, 실제 불화는 전혀 없었다. 바네사가 명망 높은 왕립 미술원에서 미술 공부를 계속하는 동안, 버지니아는 독학으로 익힌 라틴어와 그리스어, 그리고 글쓰기에 대한 실험적인 시도들 덕분에 자신 앞에 기회의 문이 열린 것을 깨달았다. 두 자매는 남자 형제인 토비의 케임브리지대학 친구들(그들 중 몇몇은 이미 스티븐가의 넓은 인맥에 연줄이 닿아 있었다)과 가까워지면서 그 기회를 더 넓혀 나가게 된다.

1899년 토비는 케임브리지대학 트리니티칼리지에 입학했고, 거기서 즉시 장차 블룸즈버리 그룹이라 불리게 될 모임의 멤버가 될 몇몇 사람들과 그룹을 만들었다. 클라이브 벨, 리턴 스트레이치, 레너드 울프. 당시에는 마지막으로 거론된 인물이 장차 버지니아의 남편이 될 징조는 보이지 않았다. 나중에 레너드가 그들의 놀라운 자질이 얌전한 빅토리아 시대의 외피를 뚫고 빛을 발하는 스티븐가의 아름다운 두 자매와 사랑에 빠지지 않는 건 어떤 남자에게도 사실상 불가능한 일이었다고 글에서 말한 적이 있기는 하다.

이 젊은이들의 탐험은 희곡을 낭송하는 모임인 셰익스피어 소사이어티, 그리고 미드나이트 소사이어티 등으로 계속 이어졌다. 처음부터 끝까지 배타적으로, 은밀하게 진행되는 '케임브리지 사도 클럽(창립 구성원이 예수의 열두 제자와 같은 12명—옮긴이)' 혹은 '케임브리지 대화 클럽'도 있었다. 그 모임들의 과거와 현재의 멤버 중에는 화가이자 비평가인 로저 프라이, 저널리스트 데즈먼드 매카시, 경제학자 존 메이너드 케인스, 소설가 E. M. 포스터도 있었는데, 이들은 장차 몇 년 후에 중요한 인물임을 입증하게 된다. 그

버지니아의 첫 번째 블룸즈버리 주소지는 고든스퀘어 46번지였다. 버지니아, 바네사, 그리고 남자 형제들은 아버지 사망 후 이곳으로 이사했다. 오늘날 이 집에는 블루 플라크(blue plaque, 잉글리시 헤리티지English Heritage가 주관하여 선정한 유명인사를 기리기 위해 그들과 관련이 있는 장소에 간략한 설명을 적어 부착한 파란색 표지판―옮긴이)가 붙어 있다.

들 모두는 레너드가 나중에 말한 바와 같이, "종교적이거나 형식적인 도덕규범, 혹은 위선"을 배제하는 것에 심혈을 기울였다. 사회적으로, 지적으로 어마어마한 변화가 있던 시기에 그들은 "자유롭고, 합리적이며, 문명화해야 할 새로운 사회의 건설자들"의 선봉에 서는 것임을 의식하고 있었다. 이러한 것들이 '블룸즈버리 그룹'의 정체성을 형성하는 신념이 되었다. 하지만 블룸즈버리 그룹이 탄생하기 위해서는 그 이전에 스티븐 가의 또 다른 죽음이 필연적인 일이었다.

1904년 2월 22일 레슬리 스티븐이 세상을 떠났다(뒤이어, 여름에는 조지 덕워스가 카나본 백작의 딸과 치른 상류사회의 결혼식이 있었다). 그래서 레슬리의 자녀들은 하이드파크 게이트 지역보다 값이 더 싼 블룸즈버리로 이사를 가게 되었다. 당시의 블룸즈버리는 런던 상류사회의 경계를 벗어난 지역으로 여겨지던 곳이었다. 레슬리 스티븐은 4년 동안 대장암으로 투병했고, 그 기다림의 시간은 모두에게 고통을 안겨주었다. 이제, 모든 면에서, 그들 아버지의 죽음은 스티븐가의 자매들에게 엄청난 변화를 가져왔다.

몇 년 후 버지니아는 아버지가 죽은 후에야 작가의 삶이 가능해졌다고 썼다. 만약 그가 더 나이가 들어 자연사했다면, "그의 삶이 내 인생을 완전히 끝장냈을 거다…. 글도 못 쓰고, 책도 못 냈겠지. 상상조차 할 수 없는 일이다." 그렇지만 일찍이 안락하게 지내던 시절에는 그녀를 격려해주기도 했던 아버지였기에, 버지니아의 심사는 매우 복잡했다. 그녀는 그에 대한 속박에서 자신을 떼어내고자 부단히 애썼고, 심지어는 훗날 《올랜도》를 통해 그의 전기에 관한 생각을 반박했을 정도였다.

아버지의 죽음을 두고 버지니아가 느꼈던 감정이 슬픔과 후회와 죄책감이 섞인 위험한 혼합물이었다면, 바네사의 감정은 비교적 선명했다. 그해 봄 그녀는 가족을 이끌고 베네치아, 피렌체, 파리 등 위대한 도시들의 예술을 즐기기 위해 유러피언 그랜드 투어(European grand tour, 17세기 중반부터 19세기 초반까지 유럽 상류층 젊은 이들 사이에서 유행한 유럽여행―옮긴이)를 떠났다. 하지만 오감으로 즐기는 남매들과 달리, 버지니아는 어머니의 죽음 이후 느꼈던 것 같은 극심한 고립감을 느꼈다. 5월에 다 함께 영국으로 돌아온 다음 날, 버지니아는 무너졌다.

바네사에게 엄청난 분노를 느낀 버지니아는 그녀를 향해 통렬한 비판을 쏟아내고는, 런던을 벗어나 가족의 친구이자 자애롭고 독립적인 존재로서 버지니아에게 어머니와 같은 느낌을 준 바이올렛 디킨슨의 집에 머물렀다. 바이올렛이 간호사를 셋이나 고용해 보살폈음에도 불구하고 버지니아는 창문 밖으로 몸을 던지려 했다. 다행히 1층에 있던 창문이었다. 그녀는 새들이 그리스어로 합창을 하고, 에드워드 7세가 진달래꽃 사이에서 "가장 상스럽고도 음란하게 말하고" 있다는 환각에 시달렸다. (아마도 그녀가 처방받았을 최면제의 효과를 참작해야만 할 것이다.) 버지니아는 환청을 자신의 과식 탓으로 돌렸고, 그 목소리들로부터 벗어나기 위해 음식을 거부했다. 그 후로 만년에 이르기까지 버지니아의 체중은 계속 심하게 오르내렸다. 9월이 되자 그녀는 가끔 가족과 다시 합류할 수 있을 정도로 괜찮아졌고, 11월에는 바네사가 꾸미고 있던 새집으로 들어갔다.

1820년대에 개발되었지만 그 이후 본래의 번듯한 모습이 상당히 퇴락한 광장에 위치한 5층짜리 집인 고든 스퀘어 46번지는 '블룸즈버리' 그룹의 활동무대일 뿐 아니라 이름이 유래한 곳으로, 서로 가까이 이어진 건물들의 첫 번째 집이었다. 빅토리아 시대의 '짙은 빨강의 침울함'에서 벗어나, 덜 속박받는 새로운 세상으로…. '청결하고 텅 빈' 분위기의 새집에서는 옛집에서 옮겨온 '와

츠의 그림들, 네덜란드제 장식장들, 청색 도자기'마저 다르게 느껴졌다고 버지니아는 회상했다. 그 집은 오직 이곳에 사는 사람들의 생각만을 반영하고 있었다. "모든 것이 새로워지고, 모든 것이 달라지고 있었다. 모든 것이 시험대에 올랐다."

4남매가 함께 사는 집에서, 케임브리지대학의 친구들에게 '고스'라고 불렸던 토비는 남자 형제 중 맏이라는 이유로 자연스럽게 리더의 역할을 맡게 됐다. 에이드리언은 겁이 많은 막내고, 바네사는 슬레이드 스쿨UCL Slade School of Fine Art에 다니는 중이었다. 그리고 맨 위층 방에 있던 버지니아는 특히 자신의 최근 의료비를 지불하기 위해서라도 돈을 벌어야 한다는 생각에 몰두했다. 그녀는 리뷰뿐만 아니라 개인적인 에세이도 많이 썼고, 1906년 여름에는 10년도 더 후에 그녀의 첫 소설 《출항》으로 출판될 작품의 앞부분 40쪽을 썼다.

버지니아는 항상 자신의 글쓰기 작업과 바네사의 그리기 작업의 관계에 대해 치열하게 의식하고, 자신의 일기를 '스케치북'이라고 여겼다. 두 자매의 삶에 일어난 사건들은 그들을 "매우 친밀한 모의very close conspiracy", 그리고 "프라이버시 중심"으로 몰아갔다. 하지만 그것들은 바네사에게 관리인의 역할도 맡겼다. 바네사는 책임이 있는 관리자였고, 양측에서 어느 정도의 원망을 품게 마련인 위치에 있었다. 말년에 버지니아는 아마 두 사람은 같은 눈을 가지고 있었으나, 단지 다른 안경을 통해서 바라보았던 것이라고 쓴 편지를 바네사에게 보냈다. 그러면서도 버지니아는 "네

덩컨 그랜트가 그린 바네사. 블룸즈버리 그룹 초창기때부터 친구였던 두 사람은 바네사가 클라이브 벨과 결혼했음에도 불구하고 금세 연인 사이가 되었다.

사의 압도적인 지배력"에 대한 글을 쓰기도 했다.

게다가 버지니아는 또한 직계 가족 외 연상의 여성들과 에로티시즘에 물든 친밀한 관계를 형성하고 있었다. 이들은 버지니아가 나중에 비타에게도 요구한, 애정 어린 보살핌을 줄 수 있는 사람들이었다. 버지니아는 "편지에 애정의 표현을 담아주어요."라고 바이올렛 디킨슨에게 애원하곤 했다. "나의 음식이 애정이야!" 바이올렛과의 관계를 "로맨틱한 우정"이라고 묘사하면서 버지니아는 바이올렛(보라색) 잉크로 정서한 환상적이고도 사적인 공물인 '우정의 갤러리'를 바이올렛에게 선물했다. 이는 버지니아가 비타에게 바치는 공물─《올랜도》─의 전조가 되었고, 역시나 선견지명이 있는 것이어서, 그 선물은 둘의 관계에 변화를 가져다주었다.

어쨌든 고든스퀘어에서 먼저 모임을 시작한 건 남성 그룹이었다. 토비가 시작한 '목요일 모임'은 코코아를 마시며 대화를 나누는 모임으로, 그의 케임브리지대학 친구들이 주요 참가자들이었다. 처음에는 그다지 활발한 분위기는 아니었고, 그의 누이들도 상대적으로 조용한 편이었다. 그날 버지니아는 "이렇게 무생물처럼 생기 없는 사람들이 아니라, 여성들이 내 취향에 맞아."라고 분명히 말했다. 덩컨 그랜트의 기억으로는 몇 년 동안 남자들을 향한 버지니아의 태도가 "냉담하고 약간 사나워 보였다."

그랜트는 블룸즈버리에 새로 참여한 사람으로, 리턴 스트레이치의 사촌이자 한때 그의 연인이었고, 버지니아의 남동생 에이드리언 스티븐의 전 연인이었다. 이 젊은이들 중 몇몇은 남자와 첫

성경험을 했지만, 그래도 그들 모두가 끝까지 동성애자였거나, 순전히 동성애만 즐긴 건 아니었다. 젊은 날의 버지니아 스티븐이 받은 몇 건의 청혼도 이 케임브리지대학 출신들로부터였다. 레너드 울프로부터는 아직 없었다. 그는 식민지였던 실론 섬(스리랑카)으로 7년간의 파견 근무를 떠나기 전 송별회를 위해 고든스퀘어에 왔었다.

스티븐 가에는 여전히 많은 문제가 있었다. 스티븐 가의 4남매가 세인트아이브스를 다녀온 다음, 바네사는 미술을 토론하고 전시회도 열기 위해 '금요일 모임'을 만들었다. 그즈음 바네사는 토비의 케임브리지대학 친구 클라이브 벨로부터 청혼을 받았지만, 자신이 그에게 느끼는 따뜻함만으로 결혼을 결정할 수는 없다며 거절했다. 그리고 바네사 남매들은 다시 1906년 가을에 그리스로 여행을 떠났다. 그들이 귀국하자마자 토비와 바네사 둘 다 장티푸스로 병이 났고, 그로 인해 11월 20일에 토비가 사망했다. 스티븐 남매들의 그 여정에 동행했던 바이올렛 디킨슨도 병에 걸려 토비의 사망 소식을 알릴 수 없을 정도로 상태가 안 좋았기에, 버지니아는 토비가 회복중이라는 거짓말을 바이올렛이 믿을 만하게 자세히 편지로 써 보낼 수밖에 없었다. 토비의 유령은 나중에 버지니아의 소설에도 나오는데, 특히 《파도》에서는 한 번도 모습을 드러내지 않는 퍼시벌Percival로 등장한다.

토비의 죽음으로 충격을 받은 바네사는 클라이브 벨의 두 번째 청혼을 받아들였다. 그들은 1907년 2월 7일 세인트 판크라스 등기소에서 결혼식을 올렸다. 바네사와 클라이브가 침대에서 함께 손님들을 맞을 때 행복해하는 모습과 그녀의 반응을 보며, 버지니아는 어쩔 수 없이 바네사로부터 멀어지는 느낌이 들었고, 오빠뿐만 아니라 언니도 잃은 기분이었다. 버지니아와 에이드리언은 피츠로이스퀘어 29번지(토트넘 코트 로드 서쪽, 현재는 블룸즈버리보다는 피츠로비아Fitzrovia로 불리는 곳)로 이사해야 했다. 그러나 버지니아는 집안의 막내인 에이드리언은 별로 도움이 안 된다는 사실을 깨달았다. 그는 말년에 영국 정신분석학의 창시자가 되었으나 당시는 아직 자신의 길을 찾고 있었다. 그는 의기소침한 상태였는데, 버지니아는 그가 자신을 무시한다고 생각했다.

1908년 초 바네사의 첫아들 줄리언이 태어나면서 어려움이 가중됐다. 네사가 아이에게 매달림에 따라, 버지니아는 바네사의 남편 클라이브와 점점 더 가까워졌다. 버지니아는 한때 그의 존재를 '잉꼬'*로 생각했지만, 그녀는 실제로는 클라이브의 문학적 판단력과 "나는 작열하는 이 석탄들로 손을 녹인다."와 같은 표현에서 엿보이는 관능성을 높이 평가하게 되었다. 버지니아와의 관계회복을 계기로 클라이브는 본격적인 불륜을 시도했고, 버지니아는 결코 굴복하지 않았지만, 둘 사이를 수상쩍어하는 바네사와의 관계에 부정적인 영향을 미칠 수밖에 없었다.

그러나 예전처럼, 어쨌든 가족의 유대관계는 많은 스트레스 속

---

* 버지니아는 잉꼬를 '어리석은 사람'에 대한 비유로 사용했다.(—옮긴이)

에서도 평온하게 유지됐다. 그래서 버지니아는 이제 리턴 스트레이치(이미 블룸즈버리 그룹의 중심인물이었으며, 비평가로서 이름을 알리기 시작했으나, 그의 획기적인 전기 이론이 나오기까지는 아직 더 기다려야 한다)와 가까워지고 있는 것 같았다. 버지니아를 결혼시키는 일이 가족들 사이에서는 이제 절실한 문제로 다가오기 시작했다. 그녀는 가족들의 압력에 불만을 표했고, 리턴은 동성애 기질이 있음에도 불구하고 그럴듯한 남편감 후보로 보였다.

리턴은 어느 날 저녁 버지니아에게 청혼했고 그녀는 그 청혼을 받아들였다. 아니면 두서없이 이야기를 나누던 와중에 어쩌다 보니 그렇게 된 것일 수도 있다. 하지만 다음 날 버지니아가 마음을 바꿔 거절하자 리턴은 무척이나 안도했다. (리턴과 사랑에 빠져 함께 동거하고 있는 젊은 화가 도라 캐링턴Dora Carrington은 앞서 몇 년 동안 리턴이 짝사랑했던 상대인 랠프 패트리지Ralph Partridge와 결혼했다. 그들의 삼각관계를 유지하고 패트리지를 스트레이치의 친구로 붙잡아 두기 위해서였다. 작가인 도로시 파커Dorothy Parker가 블룸즈버리 그룹의 인물들을 "사각형 안에서 살고, 삼각형 안에서 사랑을 했으며, 원 안에서 그림을 그렸다"고 묘사한 건 다 그만한 이유가 있었다.) 리턴 스트레이치는 이미 실론에 있는 레너드 울프에게 편지를 써서 그가 그 역할을 맡을 것을 제안했다. "자네는 더할 바 없이 멋질 것 같군. 그리고 육체적인 욕구에 있어서 엄청난 이득을 보게 될 거라네." 리턴이 대신 제안을 하자 레너드는 만약 리턴이 정말로 버지니아가 자신을 받아들일 것으로 생각한다면 다음 배로 귀국하겠다고 답했다. 그러나 그 당시 리턴과 버지니아는 내내 가깝게 붙어 있었던 반면, 레너드는 실론에 머물고 있었다. 어쨌든 리턴의 말에 의하면, 버지니아는 "젊고, 야성적이며, 호기심 많고, 만족을 모르고, 사랑에 빠지기를 갈망하고 있었다."

버지니아 본인은 나중에 이렇게 밝혔다. "그 무렵의 나는 꽤 모험을 즐겼다. 말하자면 우리는 성적으로 매우 자유로웠다." 하지만 덧붙여 말하기를, "그런데도 나는 성적인 면에서는 늘 겁쟁이였고…, 실제로 벌어질 일에 대한 두려움으로 내 몸을 항상 수녀원에 가두었다." 대담하게 말하고, 런던 거리를 배회하고, 젊은 남자들과 함께 밤을 새우는 것이 그 당시에는 용감해 보였다. 에드워드 7세 시대의 젊은 숙녀에게는 두말할 것 없이 관습에서 벗어난 이례적인 행동이었지만, 버지니아가 돌이켜 생각해보기에는 사실 "꽤나 시시껄렁한 짓"이었다. 리턴 스트레이치는 버지니아가 그녀의 이름 '버지니아' 그 자체인 버진(처녀)이라고 했다. 그러나 블룸즈버리 그룹의 멤버인 시드니 워터로Sydney Waterlow가 보기에 바네사는 예술에만 관심 있는 차가운 존재였고, 버지니아가 훨씬 감성적이며 인생에 관심이 있었다.

하지만 버지니아는 그때 이미 20세기 초의 다른 지적인 여성들처럼, 결혼생활과 작가로서의 삶을 병행할 수 있을까에 대해 숙고하고 있었다. 그녀는 바이올렛 디킨슨에게 자신의 미래가 "처녀, 이모, 여성 작가"일 것으로 생각하고 있다고 말했다. (책을 쓰는 일과 아기를 갖는 것의 비유는 그녀 가족 내에서 공용된 인식이었다.) 버지니아는 독신 생활의 마지막 몇 해에 새로운 모험에 나선다.

1905년 그녀는 올드빅 극장The Old Vic 무대 아래에서 일하는 남녀 노동자를 위한 야간 대학인 몰리 칼리지Morley College London 에서 2년 동안 자원봉사자로 가르치기 시작했다. 1910년에는 여성 참정권 운동에 잠깐 관여해, 편지 봉투에 주소 적는 일을 돕고 몇몇 대중 집회에 참석하면서 또 다른 형태의 사회 참여를 경험했다. 그러나 여성 참정권 운동가들이 의회 광장에서 11월의 '블랙 프라이데이' 시위―여섯 시간의 거리 항쟁으로 200명이 체포된―같은 활동을 벌인 1년 동안, 버지니아가 개입한 것은 자의반 타의 반이었던 것으로 여겨진다. 그건 아마도 '집안의 천사'를 죽이기 위한 또 다른 시도였을 것이다. 버지니아의 어머니는 여성 참정권을 탐탁잖아 했다. 인생 말년에 펴낸 버지니아의 작품《3기니Three Guineas》는 버지니아가 페미니즘에 깊이 빠져 있음을, 또한 여성참정권운동가 여성들이 진출하고자 했던 의회와 같은 바로 그런 종류의 남성 조직에 대한 본능적인 불신 또한 보여준다.

더 특이한 건 아마도 1910년에 일어난 '드레드노트 사기사건Dreadnought Hoax'으로 알려진 또 다른 모험일 것이다. 1910년 2월 버지니아와 에이드리언, 덩컨 그랜트는 악명 높은 시인이자 장난꾸러기인 호러스 드 비어 콜Horace de Vere Cole이 꾸민 음모에 가담했다. 버지니아 일당은 영국 군함 드레드노트 호에 승선하기 위해 의상을 갖춰 입고 얼굴을 검게 칠하여 아비시니아(에티오피아의 옛 이름) 황제의 수행원들로 가장했다. 그들의 여정은 해군 제독

해군 함정에 승선하기 위해 아비시니아(옛 에티오피아) 황제의 수행단으로 가장해 악명 높은 '드레드노트 사기 사건'을 벌이고 있는 버지니아(맨 왼쪽)와 다섯 명의 장난꾸러기들. (이때 통역관 역할은 에이드리언 스티븐이 맡았다—옮긴이)

에게 보낸 편지 한 통으로 탄탄대로였다. '붕가붕가'란 단어를 시도 때도 없이 웅얼거리며 라틴어와 피진 영어로 말하고 버지니아가 남자로 변장했음에도 불구하고, 일행은 해군 군악대의 환영 연주 속에 레드 카펫을 밟고 무사히 승선했다. 콜은 그 뒤에 이 사실을 언론사에 흘렸지만, 널리 퍼진 기사 내용들에 버지니아의 이름은 등장하지 않았다. 버지니아의 가족과 친구들 중 책임을 맡고 있는 사람들은 겁에 잔뜩 질렸고, 해군 친척들은 버지니아와 촌수가 멀었는데도 곱절로 더 놀랐다. 지금이야 치기어린 장난처럼 보이겠지만, 버지니아는 이를 군의 권위에 저항하는 전복의 제스처로 생각했을 법하다. 이 무용담의 한 토막은 나중에 《올랜도》에도 등장한다. 버지니아의 판단력은 정상이 아니었을 수 있다. 그해 여름 이후 그녀는 다시 우울증에 빠져, 억지로 우유를 마시고 어두운 방에 틀어박혀 지내는 6주간의 '휴식요법'을 견뎌야 했기 때문이다.* (버지니아는 자신에게 그런 치료법을 부과한 바네사를 자신에 대한 '거대한 음모'에 연루된 '어둠의 악마'라고 확신했다.) 하지만 그러고 나서도, 당시의 블룸즈버리는 온통 권위를 뒤엎고 저항의 몸짓을 취하려는 생각뿐이었다.

드레드노트호 사기 사건과는 달리, 1910년 말에 로저 프라이가 기획자로 참여한 '마네와 후기인상파' 전시회는 지금은 가장 훌륭한 예술적 노력으로 보인다. 그런데 당시 사회와 언론의 대단히 보수적인 인사들은 한결같이 그 전시회를 영국 민족의 안정 자체를 위협할 수 있는 정신적 불안정의 표본으로만 여겼다. 그래서 새해가 되어 여성 참정권 운동을 위한 모금을 하려고 개최한 후기 인상주의 무도회에 스티븐 자매가 고갱 그림의 캐릭터들처럼 "믿을 수 없을 정도로 아름답고 진짜 나체"로 보일 정도로 거의 벗다시피 하고 나타나 찍힌 사진을 보고는 더욱 격분할 수밖에 없었다.

로저 프라이는 끊임없이 변화하는 블룸즈버리 그룹에 새로 들어온 사람이었다. 그는 '케임브리지 사도 클럽'의 멤버로 활동했

---

* 이 치료는 '신경질환이 있는 여성을 위한 조용한 요양원'인 트위크넘Twickenham에서 행해졌고, 버지니아는 1912년과 1913년에도 이곳에서 치료를 받는다.(―옮긴이)

레너드 울프는 토비 스티븐의 케임브리지대학 친구였다. 레너드와 결혼할 때 버지니아는 자신이 "무일푼 유대인"과 결혼하게 될 것 같다고 농담을 했다.

고 이미 40대에 들어섰으며 그의 아내는 만성적인 정신질환에 시달리고 있었다. 말년 무렵에 버지니아가 로저 프라이의 전기를 써 달라는 요청을 받았을 때 그녀는 프라이의 삶에 있어서 키 모멘트(key moment: 서사물의 이야기 전개 선상에서 핵심적인 사건이 일어나는 순간―옮긴이)로 후기 인상파 화가들의 전시회를 꼽았다. 사실 그 전시회는 블룸즈버리의 키 모멘트이기도 했다. 그해는 버지니아가 '에드워드 7세 시대'의 양식을 벗어나 새로운 '조지 왕조 시대' 양식의 글쓰기를 선보인 해였으며, E. M. 포스터(블룸즈버리에 새로 들어온 인물이지만 이미 《전망 좋은 방A Room With a View》의 작가로 유명한)를 알게 된 해이기도 했다. 그녀가 나중에 말했던 것처럼, 그해 "사람들의 기질이 바뀌었다."(인상파의 등장 이후 사람들은 더이상 과거의 방식대로 그림을 볼 수 없었다는 의미―옮긴이)

참정권, 충격 예술, 성적 자유…. 바네사와 클라이브 벨이 1911년 봄에 터키로 떠날 때 로저 프라이 역시 함께 갔고, 바네사가 유산으로 쇠약해졌을 때 그녀를 돌본 사람도 로저였다. 버지니아가 바네사를 집으로 데려오기 위해 오리엔트 특급열차에서 내리던 그 시각, 네사와 로저는 열정적인 정사를 향해 나아가고 있었다. 하지만 그 일은 버지니아, 그리고 버지니아의 대책 없는 혀에는 비밀로 해야 했다. 바네사가 말했다. "그녀는 정말 너무 위험해."

버지니아도 자신이 결혼해야 한다는 보편적인 명제를 받아들이기 시작했다. 그녀는 곧 '삼십 세'가 될 것이었다. "스물아홉인데 아직 미혼이라니, 실패야. 아이도 없고, 게다가 정신병자에, 작가도 아니고." 그녀는 토비의 또 다른 오랜 케임브리지대학 친구의 청혼을 거절했다. 그녀는 어린 시절부터 알고 있던 케임브리지대학 출신 시인 루퍼트 브룩Rupert Brooke과 새로이 가까운 친구 사이가 되었다. 당시의 그는 로맨틱한 인물로, 자유주의와 집밖 생활에 몰두하는 무리의 리더였다. 버지니아는 그 무리에게 '신이교도'라는 이름을 붙여주었다. 그녀는 케임브리지 외곽 그랜트체스터Grantchester에 있는 루퍼트 브룩을 방문해서는 함께 바이런 풀장(Byron's Pool, 이곳에 수영하러 자주 드나들었던 케임브리지대학 트리니티칼리지 출신 시인 바이런의 이름을 따서 명명—옮긴이)에 가서 알몸으로 수영을 했다. 두 사람은 존 메이너드 케인스와 리턴 스트레이치와 함께 다트무어Dartmoor 지역에서 캠핑하고 있는 '신 이교도' 무리에 합류하러 갔고, 마침 실론에서 휴가차 귀국한 레너드 울프 역시 그곳에 왔다.

레너드는 그때 줄곧 버지니아에게서 눈을 떼지 못했다. 그는 자신이 떠나 있었던 동안 블룸즈버리 구성원들이 달라졌다는 것을 알았다. 스티븐 집안의 딸들도 마찬가지였다. 그는 "생각과 말의 완전한 자유가 남녀 모두에게 확대된 모임"이 마음에 들었다. "나는 여성의 육체뿐만 아니라, 아무것에도 물들지 않은 여성 본래의 정신에도 언제나 굉장한 매력을 느껴왔다."고 그는 나중에 자서전에 썼다.

가을에 버지니아는 레너드를 초청해 두 자매가 빌린 서식스의 시골 별장인 아샴 하우스Asheham House에서 일주일을 보냈다. 버지니아와 에이드리언은 피츠로이스퀘어 29번지의 임대종료로 인해 더 넓은 브런즈윅스퀘어 38번지로 이사하기로 했다. 존 메이너드 케인스와 덩컨 그랜트는 1층을 함께 사용하고, 에이드리언은 2층, 버지니아는 3층, 그리고 꼭대기 층은 레너드 울프가 쓸 예정이었다.

1912년 1월 레너드는 버지니아에게 프러포즈를 시도했고, 결론이 나지 않은 채로 그 자리가 끝나자 그는 편지로 자신의 감정을 전달했다. 그는 분명하게 말했다. 자신은 질투심 많고, 모진 성격에, 성욕이 강하고, "그리고 더 안 좋은 것은 아마도" 거짓말쟁이라는 사실이라고. 그는 그러한 결점 때문에 결코 아무하고도 결혼하지 않을 것이라고 거듭 말해왔다. 이와 대조적으로 버지니아는 "사람들이 말하듯 허영심이 많고, 이기주의자이며, 경박할지도 모르지만" 이런 것들은 그녀의 다른 품성에 비하면 하찮것없는 것이라고 말했다. 기품, 지성, 재치, 미모, 솔직함… 그리고 결국 그가 말했다. "우리는 서로를 좋아하며, 취향도 같고…."

버지니아는 자신의 자유를 포기할 준비가 되어있지 않았다. 그녀는 "전처럼 계속하고" 싶었다. 그러나 바네사가 레너드에게 편지를 써서 그에게 확신을 주었다. "당신은 내가 알고 있는 사람 가운데 버지니아의 남편감으로 꼽을 수 있는 유일한 사람이에요."

버지니아는 루퍼트 브룩에게 마음이 끌렸다. 그런데 그의 정신 건강은 버지니아만큼이나 허약했다. 버지니아는 다른 여자와 결혼하기로 한 프랑스인 화가 자크 라베라Jacques Raverat에게도 마음이 쏠렸다. 하지만 레너드에게도 그녀의 관심을 끌어당기는 점들이 많았다.

레너드는 성공한 법정 변호사이자 왕실 고문변호사였던 아버지를 두고 9남매 중 넷째로 태어났다. 아버지가 죽자 레너드의 가족들은 곤경에 처했다. 그의 할아버지는 런던에서 재단사를 하고 있었다. 레너드는 스티븐 가족이 속한 '지적 귀족사회'에 이질감을 느꼈다. 그가 말했다. "아버지가 전문직 중산층이 되었기에 나도 중산층에 속하게 되었지만, 우리 집안은 최근에야 겨우 유대 상인 계층에서 가까스로 중산층에 들어오게 되었다." 버지니아는 친구들에게 자신은 '무일푼 유대인'과 결혼하게 될 것 같다는 편지를 썼다. 레너드는 케임브리지대학 트리니티칼리지에서 서양고

전학을 전공했기 때문에 블룸즈버리 그룹 구성원들 간에 여러 모임이 생겨났을 때 동성애자들의 무리를 폭넓게 알게 되었으나, 그는 실론에서 한 여자와 살았다.

레너드는 양손에 수전증이 있어서 사교적인 면에서 소극적이었다. 그런데 "원주민을 다스리고, 쟁기를 고안하고, 호랑이들을 쏘는 일"이 업무인 그의 식민지 근무 기간이 썩 달갑지는 않았지만, 버지니아의 표현에 따르면, 그것이 레너드에게 그녀와는 다른 경험을 주었고, 아마도 그 때문에 그를 더 매력적으로 보이게 했다. (버지니아는 비타의 "온갖 유력한 곳에 줄을 댈 수 있는 영향력"을 얼마나 대단하게 생각했는지에 대해 언젠가 쓴 적이 있다.)

5월 1일 그녀는 레너드에게 자신의 갈등하는 마음을 드러내는 편지를 보냈다. "난 나 자신에게 말합니다. 어쨌든 그와 함께라면 넌 아주 행복할 거야. 그리고 그는 너에게 부부애, 아이들, 바쁜 삶을 안겨줄 거야." 하지만 그러고 나서 그녀는 자신은 전업주부가 될 준비가 되어있지 않다고 단언했다.

레너드의 강렬한 욕망이 때때로 그녀의 화를 돋웠다. "우리 사이에 성적인 측면이 개입되어야 할까요? 지난번에 정확하게 말한 것처럼, 저는 당신에게 육체적으로 전혀 끌리지 않습니다. 내가 마치 목석같이 느껴지는 순간들이 있어요. 지난번에 당신이 내게 키스했을 때처럼."

버지니아는 레너드에게 "영속적이며 점점 커지는" 어떤 감정을 느끼긴 했지만, 여전히 순식간에 냉정과 열정 사이를 오갈 수 있었다. 그녀는 자신에게 절반의 두려움이 있었다. "제가 당신에게 모든 것을 주어야 한다고 생각하지만, 만약 내가 그러지 못한다면, 음, 결혼은 내게는 물론 당신에게도 단지 차선책이 될 거예요."

게임의 판돈이 꽤 높게 쌓여가고 있었다. "우리는 많은 삶을 요구해요, 안 그래요?" 그녀가 수사의문문으로 물었다. 하지만 그해 봄 내내 그들은 서로 매일 만나다시피 했다. 리젠트 파크 산책, 콘서트, 타이태닉호 침몰 사건에 대한 조사 참석. 버지니아는 마침내 메이든헤드Maidenhead에 있는 템스강에서 하루를 보낸 후 레너드를 받아들였다.

그들은 1912년 8월 10일 세인트 팽크러스 등기소에서 결혼식을 올렸다. 바네사와 클라이브 벨이 결혼했던 장소였다. 바네사와 조지 덕워스가 증인으로 참석했으나, 레너드의 어머니는 참석하지 않았다.

**

버지니아의 신혼 초 몇 해는 의문투성이였다. 그녀는 예전에 한 구혼자가 "보통 사람들처럼 아이들을 갖고 사랑하기를" 바라느냐고 물었을 때 그렇다고 대답했었다. 하지만 레너드와의 신혼여행에서는 뭔가가 엇나갔다. 그들은 첫날밤을 아샴 하우스에서 보내고 다음 며칠은 서머셋에서 지낸 다음 유럽 대륙 여행을 떠났다. 그들은 관광과 독서, 글쓰기로 하루하루를 보냈다. 버지니아가 《출항The Voyage Out》이라는 제목으로 나오게 될 책을 쓰는 동안 레너드는 자신의 책 《정글 속 마을The Village in the Jungle》을 마무리하고 《현명한 처녀들The Wise Virgins》에 착수했다. 버지니아는 한 친구에게 보낸 편지에서, 자신이 처녀성을 잃었고 "절정이 실제보다 너무나 과장되었다."는 걸 알게 되었으며, 상상력이 고갈된 열정으로 그 일을 더 과장했을 수 있다고도 썼다.

레너드는 자신이 늘 "마음과 마음, 영혼과 영혼"이 통할 수 있는 결혼생활을 원했다고 했다. 육체적 욕망은 결혼생활의 부분이었다. 어쨌든 블룸즈버리 그룹의 일원인 작가 제럴드 브레넌Gerald Brenan이 나중에 전해 듣게 된 바에 의하면, "신혼여행에서 레너드가 버지니아와 사랑의 행위를 시작하려고 하자마자 그녀가 격한 흥분 상태에 빠져버려서 그는 시도를 중단할 수밖에 없었다. 레너드는 버지니아의 이러한 상태가 그녀에게 정신이상이 시작되는 전조라는 사실을 알았다."

바네사는 "별자리가 염소자리인 사람들의 냉담함"에 대해 알아보고는, 버지니아가 "남자들의 육체적 열망을 전혀 이해하지 못했거나 공감하지 못했다."고 말했다. 바네사의 아들 쿠엔틴은 그녀가 덕워스 가의 형제들에게 당한 어린 날의 경험으로 "천박하고 상스러운 섹스를 회피하려는" 성향이 굳어졌다고 생각했다. 신혼부부가 베네치아에 도착하자, 버지니아는 전조 증상인 두통으로 고통스러워했고 음식을 거부했다. 그들이 영국으로 돌아왔을 때, 레너드가 그의 자서전에도 썼지만, 그는 이미 "걱정스럽고 불안했다." 그들은 중심가인 플리트 스트리트에서 떨어진 클리퍼드 인Clifford's Inn에 마련한 디킨스 소설에 등장할 법한 분위기의 방으로 이사했다.

1912년 10월에 제2차 후기인상파 전시회가 그래프턴 갤러리 Grafton Galleries에서 열렸다. 프랑스 화가인 세잔, 피카소, 마티스, 그리고 신진 영국 화가인 스탠리 스펜서, 윈덤 루이스의 작품을 덩컨 그랜트와 바네사 벨의 작품과 더불어 특별 전시했다. 다음 해 로저 프라이 역시 오메가 공방을 열었는데, 자신과 바네사, 덩컨 그랜트가 이사를 맡고 조지 버나드 쇼 등이 투자자로 참여했다. 일상의 물건들을 그들 그룹에 속한 예술가들이 단독, 혹은 함께 익명으로 제작했고, 독특한 오메가 로고를 넣어 판매했다.

피츠로이 스퀘어 33번지의 집은 1층을 2개의 전시실로 나누고, 위층에는 개인 스튜디오와 공방을 배치했다. 상류사회 고객으로는 오톨린 모렐Ottoline Morrell과 모드 쿠나드Maud Cunard 부인이 있었다. 하지만 비타는 작가인 시트웰 가의 형제들과 함께 오메가 공방으로 로저 프라이의 가구를 보러 가서는 그것이 "끔찍하다"는 것을 알았다. 니컬슨 가의 사교계는 여전히 대단한 여주인들의 사회였고, 비타가 나중에 회고했듯 '에드워드 7세 시대 유물'들의 사회였다.

레너드 울프는 제2차 후기인상파 전시회에서 행정업무를 맡기도 했으나, 그의 작품은 점차 사회주의 정치의 영역으로 넘어가게 된다. 그는 페이비언 협회를 위해 시드니 웹-베아트리스 웹 부부와 함께 일하고, 국제 사회 연맹, 실론 독립운동을 위한 활동 들에 참여하고, 국제문제에 관한 노동당 자문위원회의 서기가 되고, 1917클럽의 창립에 주도적 역할을 맡았다. 그는 소설들(이후의 자서전 포함)과는 별개로 〈협력과 산업의 미래, 또는 국제 정부Co-operation and the Future of Industry, or International Government〉와 같은 제목의 저작물들을 엄청나게 내놓았다.

버지니아 역시 1912년에서 1913년으로 넘어가던 시기에 《출항》을 끝내기 위해 자신을 다그쳤다. 남아메리카로 가는 여주인공의 여행은 대단히 중요한 통과의례이지만 행복하게 끝나지 않는다. 아마도 삶의 변화와 두려움에 대한 버지니아의 인식이 담겼을 것이다.

버지니아는 1910년에 머물렀던 트위크넘Twickenham의 요양원으로 다시 들어갔고, 다소 나아진 듯했다. 그런데 이제 버지니아는 레너드를 향해 분노를 터뜨리기 시작했다. (버지니아는 모든 남자에게 반감을 가졌었다고, 바네사가 나중에 썼다.) 레너드와의 결혼기념일을 축하하기 위해 8월에 요양원을 떠날 때, 망상에 사로잡혀 있던 버지니아는 모든 사람이 자신을 비웃는다고 확신하고 먹기를 거부했다.

런던으로 돌아온 버지니아는 레너드의 약상자를 발견하고는 수면제인 베로날 100그램을 삼켰다. 레너드는 존 메이너드 케인스의 동생인 의사 제프리 케인스Geoffrey Keynes를 불렀다. 제프리

로저 프라이가 설립한 오메가 공방의 장식용 작품들은 블룸즈버리 스타일의 전형이 되었다. 후기인상파의 작품을 특징 짓는 색채와 자유로운 스타일이 드러나는 초대장.

는 위 세척기를 가져와 밤새도록 치료했다. 이른 아침까지 버지니아는 거의 빈사상태였다. 그녀는 요양을 위해 서식스에 있는 조지 덕워스의 집인 달링리지 플레이스Dalingridge Place로 옮겼다. 버지니아를 먹게 하고 쉬게 하려면 물리적인 힘을 사용해야 했기에, 레너드와 네 명의 간호사가 동행했다. 치료받는 동안 집중적으로 취한 음식물과 우유 덕분에 체중을 회복한 버지니아는 11월에 아샴 하우스로 돌아왔다. 여전히 밤에는 간호사 한 명이 버지니아의 방을 지켰다. 하지만 그녀의 정신이상 증세의 재발 가능성은 레너드와의 결혼생활 기간 내내 영원히 옆자리를 지켰다.

03

： 두 결혼, 1913~1921 ：

비타 색빌-웨스트와 해럴드 니컬슨은 1913년 10월 1일에 놀 하우스 예배당에서 결혼식을 올렸다. 금박으로 수놓은 비단을 입은 비타는 눈부셨다. 하지만 결혼식 전날 밤 그녀는 놀 하우스를 떠나야 한다는 생각에 꼬박 한 시간을 울었다. 예배당은 26명의 하객만 수용 가능했으나, 피로연에는 수백 명이 참석했고, 공작부인이 네 명이나 왔다. 이튿날 신혼여행을 위해 빌린 집의 정원에서 비타는 일기에 "이렇게 행복할 줄은 꿈에도 생각지 못했다."고 썼다. 그녀가 어머니에게 쓴 편지를 보면 해럴드는 "재치와 온화함과 배려심이 넘쳤다."

아마도 그 점이 바로 문제였던 것 같다고, 나중에 비타는 1920년의 회고록에서 말했다. 그리고 침대에서 사랑을 나눌 때의 해럴드는 "햇볕이 쨍쨍 내리쬐는 항구 같았다."고 했다. 즉, 비타는 로 저먼드 그로스브너와 나눴던 것과 같은 육체적 열락을 해럴드와 는 느끼지 못했다는 것이다. 하지만 두 사람이 해럴드가 대사관 의 3등 서기관으로 있었던 콘스탄티노플을 향해 떠날 때만 해도 그녀는 자신의 인생이 완벽하다고 스스로 확신할 수 있었다. 피 렌체를 거쳐 카이로를 경유할 때는 이집트 총독인 키치너 경Lord Kitchener이 그들을 접대했다.

콘스탄티노플에 있는 그들의 터키식 목조 저택은 무척이나 멋 졌고, 비타의 남편은 완벽했다. 그러니까 "아주 쾌활하고, 정말 재 미있고, 몹시 똑똑하며, 대단히 젊었다." 어쨌든 결혼하고 몇 주 되지 않아 비타는 임신을 하게 되었고, 이듬해 여름에 부부는 출 산을 위해 놀 하우스로 돌아왔다. 비타는 그때 막 약혼을 파기 한 로저먼드에게 돌아온 셈이었다. 바이올렛에게도 물론 돌아왔 다(바이올렛의 약혼자였던 제럴드 웰즐리는 나중에 비타의 또 다른 친구이자 애인 중 하나가 된, 귀족 가문의 상속녀이며 '도티'라고 불리기도 하는 도로시 Dorothy와 결혼하게 된다).

* * *

1914년, 버지니아 울프는 완만한 회복세를 보였다. 2월에 의사 들은 버지니아가 '자제력'에 의존할 때가 됐다는 기록을 남겼다. 5월에 레너드는 버지니아가 여전히 "약간 오락가락하고" 있다고

비타와 해럴드는 놀 하우스의 예배당에서 결혼식을 올렸다. 비타가 묘사한 바에 의하면, 예배당은 작았지만 "보석으로 치장을 하고" 색색의 드레스를 입은 사람들로 가득 찼다.

1892~1913, 존재의 순간들

약혼 당시의 버지니아와 레너드 울프. 처음
에는 버지니아가 그들의 결혼에 의구심을
가졌으나, 그들은 결국 평생에 걸친 동반자
가 되었다.

썼다.

버지니아에게는 자신의 마음속에서 일어난 분쟁이 그해 여름
에 시작된 전쟁보다 더 절박했음이 틀림없다. 나중에는 물론, 1차
세계대전이 그녀의 많은 책에 영향을 미쳤지만, 1914년만 해도
사람들은 전쟁이 그해 크리스마스 즈음에는 끝날 것으로 예상했
다. 블룸즈버리 구성원들은 전국을 휩쓴 호전적 애국주의 열기에
절대 가담하지 않으려고 했다. 리턴 스트레이치는 그것을 "멍청
하고 무모한 짓"이라고 했다. 클라이브 벨은 독일과의 협상 개시
를 촉구하는 팸플릿을 찍어냈다.

전쟁이 더 치열해진 1915년 4월에 루퍼트 브룩이 이탈리아의
갈리폴리로 가는 수송선에서 패혈증으로 죽었다. 각자의 입장이
구체화되기 시작했다. 클라이브 벨은 가싱턴 장원Garsington Manor

의 농장에서 일하며 징집을 피했다. 그곳은 블룸즈버리 그룹 멤버들이 종종 방문해서 사교 모임의 여주인이자 문학 후원자인 오톨린 모렐 부인으로부터 호화로운 환대를 받던 곳이었다. 리턴과 덩컨, 데이비드 '버니' 가넷은 자신들을 양심적 병역거부자라고 선언하고 재판을 받았다. 오톨린 모렐의 애인이자 철학자인 버트런트 러셀은 브릭스턴 교도소에서 실제로 형기를 마쳤다.

로저 프라이와의 불륜을 끝낸 바네사 벨은 이제 덩컨 그랜트(한때 그녀의 남동생 에이드리언의 애인)와 새로운 불륜을 시작하고 있었다. 그래도 덩컨이 데이비드 버니 가넷에 기울이는 관심에 손상이 가지는 않았다. 1916년 가을, 바네사와 그녀의 두 어린 아들, 덩컨과 버니는 서식스에 있는 찰스턴 팜하우스Charleston farmhouse로 이사했다. 덩컨과 버니는 그 농장에서 일함으로써 징집을 피할 수 있었다. 병력 수요가 전보다 더 커짐에 따라 레너드 울프는 한 번이 아니라 두 번이나 징병의무검사를 받아야 했으나, 수전증 때문에 전투 부적합 판정을 받았다. 그의 형제 중 한 명은 죽었고, 또한 명은 부상을 입었다. 그의 정치적 활동은 이 시점에서 미래의 전쟁을 방지하는 쪽으로 기울어갔다.

하지만 그 사이 1914년 10월에 레너드의 소설 《현명한 처녀들》이 출간되었다. 한 유대인 젊은 남자가 성년이 되어 교외에 사는 어머니와 형제자매를 거부하는 내용인데, 더 관능적인 타입에 빠져서, 자신이 먼저 반했던 냉랭한 문학소녀를 거절하는 젊은 남자를 묘사한 책이었다. 레너드의 가족이 그 자전적인 내용에 기분이

오툴린 모렐 부인이 찍은 리턴 스트레이치와 버지니아 울프, 철학자 골즈워디 로스 디킨슨의 모습. 모렐의 집인 가싱턴 장원은 블룸즈버리 멤버들이 좋아했던 시골의 은신처였다.

몹시 상했음은 당연했다. 바네사와 에이드리언의 반응도 거의 같았다. 버지니아는 그 책을 1915년 1월 31일에 읽었다. 우연인지 아닌지는 몰라도 그녀는 2월에 또다시 신경쇠약에 시달렸다.

3월 말에 그녀는 트위크넘 요양원으로 들어갔다가 일주일 후, 리치먼드에 마련한 그들의 새로운 집 호가스 하우스Hogarth House에 있는 레너드와 합류했다. 그들의 집은 기다랗게 뻗은 정원이 절반을 차지하는, 낡았지만 널찍한 방들이 딸린 조지 왕조 양식의 인상적인 붉은 벽돌집이었다. 그런데 레너드의 기록에 의하면, 4월 말쯤 되자 버지니아의 상태가 지금까지 보아왔던 그 어느 때보다 좋지 않았다. 바네사는 클라이브에게 버지니아가 이삼일 동안 잠을 자지 않았으며, 간호사 중 한 명을 공격했다는 이야기를

울프 부부는 거의 10년 동안 살았던 리치먼드에 있는 호가스 하우스의 이름을 그들의 출판사에 그대로 붙여 '호가스 프레스Hogarth Press'라고 불렀다.

들려주었다. 5월에 바네사는 버지니아가 정신병원에 가는 것을 "불가피한 일"로 여겼다. 하지만 레너드는 두어 군데의 병원을 점검해보고는, 그녀를 그 "끔찍하고 음침한 곳들"에는 절대 보낼 수 없다고 말했다.

버지니아의 치료에서 레너드가 한 역할이 수년 동안 논쟁거리였다. 바네사조차도 레너드가 버지니아를 돌봐준 것에 감사하면서도 때로는 그가 지나치게 통제하고 있다고 느꼈다. 바네사와 덩컨 그랜트의 딸 안젤리카는 레너드를 오랜 세월을 견뎌온 바위만큼 단단한 물질로 만들어지고, "실론의 함반토타Hambantota 구역 행정관의 위엄"을 아직도 한결같이 간직한, "경계를 게을리하지 않고 관찰력이 뛰어난 경비견"으로 묘사하곤 했다. 레너드가 집을 떠날 때면, 그들 간의 장난스러운 계약대로, 점심을 먹고 나서는 30분을 꼭 채워서 쉬고, 매일 밤 10시 25분에는 잠자리에 들 것이며, 아침에는 침대에서 식사를 하고 우유 한 잔을 다 마시겠다고 맹세해야 했다.

버지니아는 나중에 이렇게 썼다. "당연히 레너드가 모든 걸 끌고 가고, 나는 어린아이처럼 눈치를 보면서, 놀 때 소리가 너무 시끄럽지 않게 아주 조심해야 한다." 또 다른 글에서는 레너드가 늘 "나의 즐거움을 뺏어가고 있다"고 느꼈던 것에 관해 썼다. 그들의 결혼생활 내내 몇 번이고 계속해서 그녀는 레너드에게 "보호자이면서 또한 억압적인 부모" 역할을 맡기곤 했다. 그건 공평한 일이었을까? 그리고 당시에는 최선이라고 여겨졌던 의학적 견해에 따라 돌보았을 그의 태도를 다음 세대인 우리가 비난하는 것은 공정한가? 버지니아는 바네사에게 말했다. 그녀가 레너드와 결혼한 것은 그가 "모든 걸 의지할 만하고 바위와 같았으며 그것이 그녀가 간절히 바라던 것이었기" 때문이라고.

의사의 진료도 없이 레너드가 약물을 투여하거나, 투여하지 않거나 한 부분들에 대해서는 분명 의문의 여지가 있었다. 그런데 그들이 속한 사회와 그들 결혼생활의 규범들은 레너드를 이성적인 사람으로, 입법자로 만들었다. 하지만 그녀의 병치레는 어찌 보면 그런 제한적인 틀에 대한 반작용이었다.

레너드는 버지니아가 보이는 '우울'이 어느 정도로 불안한 것인가를 측정하기보다는, "일종의 정신적 균형을 이룬" 건강한 버지니아와 "폭력적인 정서적 불안과 동요를 보이고, 외부 세계의 사실을 인정하거나 용납하기를 거부하는" 아픈 버지니아 사이에 분명한 선을 그었다. 버지니아는 건강할 때 자신이 미쳤었다는 것을 스스로 알고 있었다고 레너드가 말했다. 그는 버지니아가 조울증이라고들 하는 양극성장애를 앓고 있다고 했다.

버지니아 주변의 사람들은 그녀의 글쓰기와 신경쇠약 간의 해로운 연관성을 추적했다. 버지니아가 여러 차례 입원해서 시간을 보낸 트위크넘의 요양원을 운영했던 신앙심 깊은 진 토머스Jean Thomas는 틀에 박힌 관점에서 본 견해를 내놨다. 바이올렛 디킨슨에게 쓴 편지에서 "버지니아를 망가뜨린 것은 소설이었다."고 말했던 것이다. 바네사는 이에 동의하고, 버지니아가 "자신의 뇌를 지치게 만들었다."는 일반적인 의견에 공감했다. 레너드가 조언을 구했던 의사들 가운데 한 명이자 우생학 신봉자인 T. B. 히슬롭Hyslop은 "새로운 유형의 지적인 여성들", 특히 여성 작가들은 "인류의 남성적 생명력에 유해한 존재"라고 생각했다.

그렇지만 다른 낭만적인 이들은 오랫동안 정신착란과 천재성을 동전의 양면으로 여겨 왔다. 버지니아 스스로가 동전의 앞뒤를 연결하는 고리가 되었다. 그녀는 자신이 광기라고 부르는 것으로부터 벗어나기 위해 이 세계로부터 떠나 은거했던 시간들을 분명 소중히 여겼다. 《질병에 관하여On Being Ill》에서 그녀는 "무책임하고 무관심한" 병자가 어떻게 처음으로 하늘을 쳐다보는지에 대해 썼다. 건강의 빛이 스러질 때 어떻게 "미지의 영역"이 시야에 들어오는지에 대해, 건강이 숨기고 있는 진실을 무심결에 토로하게 되는 "위대한 고해성사"에 대해.

그런데 그녀는 어떤 면에서 '광기' 자체를 높이 평가했던 것 같다. 몇 년 뒤 그녀는 이렇게 썼다. "겪어 보고 나니 광기는 정말 엄청나다. 단언컨대, 절대 비웃을 일이 아니다. 그 용암 속에서 나는 내가 쓰려고 하는 것들의 대부분을 여전히, 아직도 찾아낼 수 있다. 정신이 온전할 때처럼, 단지 파편화된 조각으로가 아니라, 모든 것이 모양을 갖춘 최종 상태가 용암 밖으로 불쑥 튀어나온다." 비타 역시 그녀의 왈가닥 기질과 글쓰기 사이의 어떤 연관성을 추적했을까? 그렇지만 버지니아와는 달리, 비타는 항상 벼랑 끝에서 물러날 것인가?

***

제1차 세계대전이 일어났을 당시 비타 또한 색빌 가문 내부에 휘몰아친 분쟁에 정신을 빼앗기고 있었다. 비타의 아기가 며칠 후에 태어났는데(제1차 세계대전은 1914년 7월 28일 시작, 베네딕트 니컬슨 Benedict Nicolson은 1914년 8월 6일 출생—옮긴이) 그녀가 아기 이름을 자신의 아버지 이름인 라이어널이 아니라 베네딕트로 지으려 하자, 비타의 어머니인 빅토리아는 미친듯이 화를 냈다. 라이어널 베네딕트라는 이름으로 세례를 받은 이 아이는, 그후로 늘 벤으로 불리게 되었지만, 너무도 심란했던 비타는 그녀의 어머니가 "나를 헌신짝처럼 내팽개칠” 태세였다고 한탄했다.

비타가 알고 지내던 청년들 가운데 몇몇이 전쟁에서 죽었다. 그녀의 아버지는 갈리폴리에 있었다. 어쨌든 그녀의 남편 해럴드는 외교부에 파견됐고, 그동안 비타는 적십자사 조사실에서 파트타임으로 일했다. 그들 부부가 놀 하우스에서 벨그레이비어의 에버리 스트리트 182번지로 이사했을 때, 비타는 평소의 그녀답지 않게 사교적이었고 행복했다. 비타와 해럴드는 만찬에 초대하기에 좋은 젊고 멋진 부부였다. 그녀가 나중에 쓴 걸 보면 “오 세상에, 얼마나 끔찍했던지.” 비타에 따르면, 그녀는 “철저하게 길들여졌다.” 1914년 12월 비타는 다시 임신했다. 그녀는 “완벽한 행복”이라고 묘사하면서, 전쟁터에 있는 다른 사람들의 참상을 생각만 해도 죄책감을 느꼈다. 그러나 다음 해 11월 둘째 아이의 출산 예정일을 넘겨서 진통이 시작됐지만, 의사들은 죽은 아이를 받아내야만 했다. 비타는 심한 충격에 휩싸였다. “하얀 벨벳에 싸인 조그마한 관, 그 안에 나의 아기가…. 결코 잊을 수 없고, 언제나 내 마음속에 있을 것이다.”

그해 봄, 비타와 해럴드는 놀 하우스에서 불과 3킬로미터쯤 떨어진 마을에서 매물로 나온 집을 샀다. 그 오래된 롱반 하우스는 사실상 그들의 첫 번째 집이 되었다. 전해지는 이야기에 의하면 영국에 처음으로 인쇄술을 들여온 인쇄출판업자 윌리엄 캑스턴 William Caxton이 그곳에서 태어났다고 했다. 해럴드는 정원을 설계하기 시작했고, 정원가꾸기에는 문외한이었던 비타는 열정을

비타가 아들 벤(왼쪽), 나이절(오른쪽)과 함께 찍은 사진. 비타와 울프가 알고 지내던 때였는데, 버지니아는 비타가 아이들에게 "약간 차갑고 통명스러웠다."며 안쓰러워했다.

가지고 나무를 심기 시작했다. 그들은 낡은 창고를 해체하여 층고가 15미터쯤 되는 응접실이 있는 새 곁채를 만들고, 마지막으로 별채를 지어 아이들과 유모가 잘 수 있도록 했다. 그들이 나중에 시싱허스트에서 차용하게 될 양식을 확립한 셈이었다.

비타의 부모는 이제 극도로 사이가 나빠지고 있었다. 라이어널은 올리브 루벤스 부인Mrs Olive Rubens과 오래도록 지속될 불륜을 시작했고 놀의 낡은 세탁실을 그녀와 그녀의 남편을 위한 숙소로 개조했다. 빅토리아는 자신의 피난처로 삼기 위해 브라이턴에 큰 집 세 채를 샀다. 그녀는 에드윈 러티언스Edwin Lutyens의 조언에 따라 세 채를 하나로 바꿀 계획이었다. 러티언스는 최근 빅토리

비타와 해럴드는 롱반Long Barn에서 그들의 첫 번째 정원을 만들었다. 이곳에서 몸에 밴 그들의 삶의 양식은 이후 시싱허스트에서 이어갈 삶의 서막이었다.

아의 매력에 낚인 위대한 건축가였다. (얼마 후 비누 재벌 리버흄Lord Leverhulme 경이 에드윈의 뒤를 이었다.)

　1916년 비타는 다시 임신하게 되었고 둘째 아들 나이절이 1917년 1월 무사히 태어났다. 그해 10월 비타의 첫 번째 책《동서양의 시Poems of West and East》가 출판되어 호평을 받았다. 그러나 그달 말에 해럴드가 자신의 남자 연인들 중 한 명으로부터 성병이 옮은 것 같다고 비타에게 실토했다. 그 일이 있기 전에 비타는 다른 남자들에 대한 해럴드의 감정을 어렴풋이 알고 있었을지도 모른다. 비타는 그녀의 어머니에게 그가 '냉정'하다고 하소연했었다. 그러나 비타는 그때까지도 해럴드의 평생의 동성애적 성향을 실

레너드(맨 왼쪽)와 버지니아 울프의 사이에 앉아 있는 예술비평가 로저 프라이. 그는 블룸즈버리 그룹의 핵심 멤버로, 버지니아는 나중에 그의 전기를 쓰게 된다.

감하지 못했던 것 같다.

그 고백이 그들 사이의 유대를 깨지는 않았다. 1918년 봄 그들은 롱반에서 함께 휴일을 즐기며 스위트피(사향연리초)를 심고 협죽초 포기나누기를 하는 것에 그들의 에너지를 쏟았다. 그러나 아마도 그 사건을 계기로 비타는 다른 사람들과 성적인 관심을 추구할 수 있는 권리를 얻었을 것이고, 해럴드는 그런 일들을 용인할 수밖에 없었을 것이다.

수십 년 후 1960년대가 되어서야 비타는 해럴드가, 연장자로서, 그들의 복잡한 성생활을 자신에게 더 분명하게 설명해 주지 않은 것에 대해 비난했다. "나는 너무 어렸고 정말 순진했어요. 동성애에 대해서 아는 게 없었죠. 나는 그런 것이 남자들 혹은 여자들 사이에 있다는 것조차 몰랐으니까요. 당신이 내게 진작 말해 줬어야죠. 내게 경고해 줬어야 했다고요." 그러나 아마도 블룸즈버리 멤버들 외에는 그러한 대화는 (남성의 동성애가 아직 불법이었던 당시) 20세기 초반에는 불가능했을 것이다.

***

전쟁의 막바지 몇 해 동안, 버지니아가 일기에 아샴 하우스 위를 날아가는 비행기 숫자를 기록하고 있을 때, 블룸즈버리 멤버들의 일상적인 작업은 계속되었다. 리턴 스트레이치는 전기문학에 대한 그의 혁명적인 접근 방식과는 모순되는 듯 보이는 진부한 제목의 책 《빅토리아 시대의 명사들Eminent Victorians》을 내놓았다. 1915년 출간한 버지니아의 첫 번째 소설 《출항》은 꽤 괜찮은 평을 받았다. 하지만 1917년 봄, 레너드는 그녀가 글쓰기 외에 더 실용적인 직업을 갖는 것이 좋겠다는 판단을 하고 식당의 테이블에 설치할 인쇄기와 사용 설명서 한 권을 구입했다. 호가스 프레스는 이렇게 시작되었다.

레너드가 수전증이 있는 탓에 고된 반복 작업인 조판은 버지니아의 몫이었다. 빨간 실로 제본하고 아름다운 종이로 표지를 붙이는 일 역시 그녀의 몫이었다. 버지니아는 어린 시절에 취미로 제본 강의를 수강했었다. 150부도 채 안 되는 그들의 첫 출판물 《두 개의 이야기Two Stories》를 한 번에 한쪽씩 찍어서 만드는 데 두 달 반이

버지니아와 캐서린 맨스필드(사진)는 우정과 경쟁심에 기반을 둔 "헤어나오기 힘든 관계"였다.

걸렸다. 이 책의 이야기 중 하나는 버지니아가, 하나는 레너드가 썼다. 그들이 펴낸 두 번째 책은 캐서린 맨스필드Katherine Mansfield의 《전주곡Prelude》이었고, 세 번째 책이 새로운 젊은 작가 T. S. 엘리엇의 시집이었는데, 이로써 엘리엇과 버지니아의 작가와 편집자로서의 오랜 관계가 시작되었다. 그들은 회원 가입을 통해 판매하는 한편 예술가 지인들에게는 표지와 삽화를 그려달라고 부탁했다. 버지니아의 말에 의하면 그들의 처음 목표는 '우리 친구들 모두의 이야기'를 출판하는 것이었지만, 호가스 프레스는 새로운 정치·경제 이론을 포함한 모든 종류의 새로운 저작물들로 출판 범위를 넓혀 나갔다. 그러는 동안 버지니아는 자신의 다음 소설인 《밤과 낮Night and Day》으로 마음이 기울고 있었다.

1918년 11월에 제1차 대전이 끝났을 때, 해럴드 니컬슨은 그가 파리강화회의에 파견될 것이라는 이야기를 들었으나 정치에 늘 무관심했던 비타는 사적인 일에 몰두하고 있었다. 그러나 호가스 하우스에서 나와 트라팔가 광장까지 "떠밀려 다니던" 버지니아와 레너드는 종전 축하 행사가 "몹시 칙칙하고 우울한" 것을 깨달았다. 1919년 10월 버지니아는 《밤과 낮》을 출간해서 언니인 바네사에게 헌정했다. 사랑과 결혼이 실제로 여성들에게 반드시 필요한 것인가라는 질문을 에드워드 7세 시대를 배경으로 몇 사람의 회상을 통해 숙고하는 작품이었다. 새로운 친구이자 경쟁자인 뉴질랜드 태생의 작가 캐서린 맨스필드Katherine Mansfield는 그렇게 생각하는 인물이었다. 이 두 여성 작가의 관계에서 보이는 "헤어나오기 힘든" 친밀함에는 감탄과 질투의 양가감정이 자리잡고 있었지만, 캐서린은 버지니아가 자신의 작품에 대해 함께 토론할 수 있는 몇 안 되는 사람들 중 하나였다. 글쓰기를 좋아하는 여성 작가들 중 (캐서린처럼) "마음이 이심전심으로 내게 와닿는 아주 기묘한 울림을 주는" 경우는 아주 드물었다고 버지니아는 말했다. 버지니아는 작가로서 나아가고 있었다. 그리고 변화는 다른 방향에서도 다가오고 있었다.

호가스 프레스는 점점 더 상업적인 면모를 갖춰나가고 있었다. 버지니아의 획기적이고 인상적인 단편소설 《큐 가든Kew Gardens》의 주문이 너무 많아, 자신들의 조그만 수동 인쇄기 대신 상업용 인쇄기로 전환해야 할 정도였다. (그들은 마지못해 제임스 조이스의 《율

버지니아의 단편소설 《큐 가든》. 그녀의 다른 많은 작품들처럼 바네사와의 협업으로 이루어진 표지 디자인.

리시스Ulysses》의 출판을 거절했다. 그들이 단독으로 인쇄하기에는 너무 길었고, 외설 혐의로 기소될까 두려워 그 책에 손을 대려는 다른 출판업자가 아무도 없었기 때문이다.) 10년 이상 그들은 계속해서 두 기계를 나란히 가동했고, 1921년에는 수동 인쇄기를 더 큰 기계로 교체해 호가스 하우스의 지하실에 설치했다.

1919년, 아샴 하우스의 임대 만료 기한이 다가오자, 버지니아와 레너드는 찰스턴에 있는 바네사의 집에서 단지 몇 킬로미터 떨어진, 루이스 외곽에 있는 멍크스 하우스(수도사의 집)를 구입했다. 전쟁이 끝난 뒤 크리스마스에 바네사는 덩컨의 딸인 안젤리카를 낳았다. 그래도 안젤리카를 클라이브의 아이로 받아들여 키우는 게 가능했던 시절이었다. 덩컨은 찰스턴에서 바네사와 계속 한 집 살림은 했지만, 바네사에게는 고통스럽게도, 이제 잠자리를 함께하지는 않았다.

블룸즈버리 그룹은 더이상 예전의 한때처럼 긴밀한 사이가 아니었다. 버지니아가 일기에 쓴 것을 보면 "가장 안 좋은 건 우리가 거의 만나지 않는다는 사실이다… 얼굴도 못 보고 몇 달이 간다… 그렇지만 우리가 만날 때면 전혀 불평하지 않았다." 1919년, 로저 프라이는 동업자인 바네사와 덩컨이 주로 시골에서 머물게 되자 오메가 공방을 닫기로 결정했다. '블룸즈버리'라는 단어가 유행처럼 퍼져나가면서, 많은 사람들이 '그들만의 리그'를 펼치는 엘리트주의자들의 집단으로 생각하는 것에 대한 일종의 반발이 생겨나고 있었다. D. H. 로런스는 그들 사이에는 "결코… 일말의 존경심도 없었다"고 불만을 토로했다.

하지만 1920년 데즈먼드 매카시의 아내 메리 매카시(주로 몰리 Molly라는 이름으로 불렸다—옮긴이)가 자서전 집필을 추진하려고 회고록 클럽Memoir Club을 만들었을 때 창립 회원 13명은 '옛 블룸즈버리' 구성원들이었고, 그 가운데 유명 인사로는 울프 부부, 바네사와 덩컨, 리턴 스트레이치, E. M. 포스터와 메이너드 케인스가 있었다. 회고록 클럽은 버지니아 울프가 가장 사적인 맥락에서 글쓰기를 할 수 있는 분위기를 제공했다. 그녀가 의붓오빠에게 성추행을 당했다고 말한 곳이 회고록 클럽이었다. 그 클럽에서 자신의 회고를 발표하는 사람은 하나도 숨김이 없어야 했고, 발표를 듣는 사람은 "아무도 들은 말에 충격을 받거나 분개할 권리가 없

1919년 버지니아와 레너드는 로드멜 마을에 있는 시골 별장 멍크스 하우스를 매입했다. 버지니아가 '겸손한 집'이라는 이름을 붙여주었다.

다."는 것이 클럽 규칙 중 하나였다.

1921년 버지니아는 그녀의 단편집인《월요일 혹은 화요일Monday or Tuesday》을 출판하면서 나중에 《제이콥의 방Jacob's Room》이란 제목으로 출판한 책도 함께 집필하고 있었다. 오빠 토비와의 기억이 배어 있는 소설이었다. 그녀는 이제 "의식의 변화"를 추구하고 있었다. 더이상 현실은 없고, "오로지 생각과 느낌만이 있으며, 컵도 없고 테이블도 존재하지 않는다."《제이콥의 방》은 1922년 10월 26일에 호가스 프레스에서 출판했다. 호가스 프레스는 버지니아의 후속 작품들을 모두 출판했다.

결과적으로 호가스 프레스는 버지니아에게 자유를 주고, 버지니아의 더 모험적인 작품에 편집자가 재갈을 물릴지도 모른다는 걱정에서 그녀를 자유롭게 해주었다. "내가 좋아하는 것을 자유롭게 쓸 수 있는 영국 유일의 여성"으로서 그녀는 자신의 작품이 리뷰에서 어떤 평가를 받는지, 자신이 "대단한 작가인지, 혹은 얼간이인지" 더이상 신경 쓰지 않았다. 버지니아가 늘 무서워했던 것은 무시해도 되는 존재로 잊혀지는 것이었고, 그런 날들은 지나갔다. 그녀는 "내가 쓰고 싶은 것을 나만의 관점"에서 쓰고 있었다. 비타를 만나기 두 달 전, 버지니아는 자신만의 목소리를 찾았다.

***

해럴드가 자신의 성생활에 대해 밝힌 후, 비타는 위기의 시간을 보내고 있었다. 비타의 마음에 늘 존재하던 바이올렛 트레퓨시스는 이 중요한 고비를 재빨리 이용했다. 밤늦도록 둘이 이야기를 나눴던 어느 날, "바이올렛이 감춰졌던 나의 이중성을 알아버렸다. 그녀는 그것에 대해 나를 다그쳤고, 나는 그녀에게도 나 자신에게도 그 사실을 감추려 하지 않았다…. 나는 더없이 솔직하게, 그리고 힘들여 나 자신에 관해 몽땅 털어놓았다."고 비타는 말한다. 비타가 묘사하는 바에 따르면, 바이올렛은 아주 노련한 유혹자의 반응을 보였다. 하지만 비타 자신은 그저 "내 정체성의 절반을 자유롭게 내려놓고"얻은 해방감에 도취해 있었다. 바이올렛이 함께 콘월로 가서 봄꽃을 구경하고 싶다고 말할 때, 비타는 "다른 사람으로 바뀐, 혹은 다시 태어난" 느낌이었다.

요구하는 게 많으며 격정적인 성격의 바이올렛은 자신이 신경 쓰지 않는 사람들에게는 냉정해서, 작가인 낸시 밋퍼드Nancy Mitford의 《추운 기후의 사랑Love in a Cold Climate》에서 그 까칠한 몽도르 부인Lady Montdore의 모델이 되었다. 바이올렛은 버지니아의 《올랜도》에서 유혹적이며 무모하고 위험한 기질을 가진 러시아의 사샤공주princess Sasha의 모습으로 등장하기도 했다. 해럴드에 의하면, 바이올렛의 손아귀에 들어간 비타는 "코카인에 중독된 해파리처럼" 되었다고 한다. 바이올렛은 "깊은 곳에서 희미한 빛을 발하며 냄새를 피우다가 아침의 산들바람에 죽음에 이르는 달콤한 향기를 실어 보내는 위험한 난초처럼 사악했다."

이와는 달리, 비타가 해럴드에게 사용하는 단어는 '순수한'(그리고 가끔은 '순진한')이었다. 결혼 초 몇 년간 그들은 누가 봐도 분명히 완벽하게 궁합이 맞았고, 평생을 함께할 정도의 열정적인 친밀감을 키워왔음에도 불구하고 이제는 두 사람이 원하는 것, 두 사람이 서로에게 줄 수 있는 것이 일치하지 않았다. 해럴드는 비타에게 편지를 써서, 자신이 "좀 더 거칠고, 좀 덜 다정했다면" 좋았을 거라고 말했다. 비타는 자신에게 방랑벽이 있다고 답장했다. 방랑을 하면서 다람쥐 쳇바퀴 돌듯 반복되는 일상의 그 단조로움, 무기력, "안일한 삶에 기대서 얻는 자기만족"에서 벗어난다는 것이었다.

비타와 바이올렛이 깃들어 살던 환상의 세계에서 그들은 미티아와 루슈카Mitya and Lushka라는 로마식 이름을 썼다. 비타(그때 종종 농장 소녀의 작업복인 바지와 장화 차림을 함)는 줄리언이라는 이름의 젊은 남자가 되기도 했다. 하지만 비타는 항상 자신의 내부에 있는 두 가지 정체성을 인식하고 있었다. 바이올렛은 그것을 지킬과 하이드라고 불렀다. 비타는 하이드 쪽이 무섭다고 했다. "(하이드가 되면) 무척 잔인할 정도로 냉정하고 흉포해진다. 해럴드는 그의 존재에 대해 아무것도 모른다. 그것은 장갑차처럼 그의 영혼을 깔아 뭉개고 달릴 것이다." 그러나 이것이 바이올렛이 부르는 쪽이었다. 제1차 세계대전이 끝나고 채 한 달이 안 된 12월 6일, 그들은 3주 일정으로 프랑스 남부지방으로 떠났다. 실제로 그들은 넉 달을 머물렀고, 아예 집으로 돌아가지 않았다.

도중에 들렀던 파리에서 그들은 빈번하게 줄리언과 루슈카로서 외출했다. 비타의 말로는 일평생 자신의 인생에서 그렇게 홀가분하게 느낀 적이 없었다고 했다. 해럴드가 크리스마스에 아이들을 데리고 놀 하우스에서 지내는 동안, 그들은 아비뇽과 몬테카를로에도 갔다. 바이올렛(해럴드가 기탄없이 쓴 어떤 편지에서 지칭한 바대로 "찰거머리 악마 같은 그 쬐그만 것")은 비타를 졸라서 더 머물겠다는 약속을 받아냈다. 바이올렛이 자살하겠다고 으름장을 놓았기 때문인데, 이 일로 비타는 바이올렛에게 정나미가 떨어지게 되었다. 3월 말, 부모님들의 압박과 남겨두고 온 아이들에 대한 걱정으로 비타는 영국으로 돌아왔다. 영국 근위기병단의 데니스 트레퓨시스Denys Trefusis 소령과의 약혼을 공표한 바이올렛 역시 집으로 돌아갔다. 트레퓨시스 소령은 비타처럼 모험 정신을 지닌, 잘생긴 전쟁 영웅이라고 바이올렛이 말했다. 또한 데니스가 "오로지 형제와 같은 관계"를 요구하는 자신의 의견에 동의했다는 이야기도 들려주었다. 하지만 이것은 결국 태풍 전의 고요함에 지나지 않았다는 사실이 나중에 밝혀진다.

1919년 봄 비타는 그녀의 첫 번째 소설《유산Heritage》의 성대한 출판기념회에 참석하느라 런던에 있었다. 그때, 남편의 정부인 올리브 루벤스 부인의 존재를 더이상 참을 수 없었던 비타의 어머니는 놀 하우스를 영원히 떠났고, 바이올렛이 결혼하는 것에 자제하지 못하고 소란을 일으킬까 스스로가 두려웠던 비타는 파리에 있는 해럴드와 합류하기 위해 떠났다. 그런데 트레퓨시스 부부가 신혼여행을 시작하기로 한 곳도 파리였기에, 비타는 그들이 묵고 있는 리츠 호텔을 자주 찾았다. 신혼부부가 남부로 떠나고, 바이올렛이 자신의 신혼여행에 관해 쓴 글을 보고 "비탄에 빠진 별 볼 일 없는 존재, 날개 꺾인 종달새"가 된 비타는 롱반으로 돌아가 버려지다시피 한 정원에서 위안거리를 찾았다.

하지만 바이올렛과 데니스는 영국으로 돌아온 후 롱반에서 겨우 32킬로미터 떨어진 곳에 집을 마련했다. 그들의 애정행각은 계속됐다. 해럴드의 기록에 의하면, 그 역시 파리에서 재단사인 '재미있는 새 친구'를 사귀었다. 그는 패션디자이너인 에드워드 몰리

뇌Edward Molyneux였다. 그러나 10월에 비타가 또다시 바이올렛과 함께 유럽 대륙으로 떠났을 때, 해럴드는 비타와 사는 것은 (바이올렛의 압력에 굴복했던 당시 비타가 선언했던 대로) 플라토닉한 사랑을 전제로 해야 한다는 사실을 결코 받아들일 준비가 되어있지 않았다. "이제 그런 일은 못해요. 적어도 지금 당장은. 오, 하지(Hadji. 그녀가 해럴드를 부를 때 사용하는 애칭), 아직도 이해 못 하겠어요?" 12월에 두 여자는 다시 헤어져 각자의 남편에게 돌아갔다.

런던에서 1920년이 밝아올 무렵, 비타와 바이올렛은 여전히 매일 만나고 있었고, 두 여자가 정말로 영원히 함께 살고 싶어 하는지 아닌지 빨리 결정을 내리라고 강요한 사람은 데니스였다. 바이올렛은 일주일만 생각할 말미를 달라고 한 다음, 나흘 뒤에 비타에게 전화를 걸어 지금이 아니면 절대 못 한다고 말했다. 비타는 놀에서 가족과 함께 보낸 2주일간의 휴가가 끝날 무렵 해럴드에게 말했다. 영원히 해럴드를 떠나겠다고. 비타는 소극적인 태도를 취하는 해럴드를 이해하지 못했다. "내가 당신이고 당신이 나라면, 난 기를 쓰고 당신을 지킬 거야…." 사실 그녀가 주장하고 싶었던 말은 "당신이 잠자코 있으니까 나 스스로 명분을 내세울 수밖에 없다"는 것이었다. 해럴드는 나중에 비타가 "사실은 따뜻한 가족애 같은 것에는 관심이 없었다. 그녀는 뜨거운 연애가 이어지는 삶을 원했다. 아니면 (그가 설득력 있게 덧붙였듯이) 그녀는 자신이 원하는 게 그런 삶이라고 생각한다."고 썼다. 2월에 두 여자는 프랑스로 떠나 다시는 돌아오지 않을 참이었다. 그러나 비타는 여행

내내 그들의 진행 상황을 해럴드에게 전했다.

그 여행은 비극뿐만 아니라 희극도 안고 있었다. 바이올렛이 도버에서 먼저 배를 탔다. 두 사람이 이미 많이 이야기했던 대로, 적절하게 예의를 차리기 위해서였다. 비타는 다음 날 뒤따랐다. 그리고 비타는 우연히도 데니스와 함께 여행하고 있다는 것을 알게 되었다. 뱃멀미, 그리고 바이올렛을 동시에 사랑한다는 공통점 때문에 그들은 금세 친해졌다. 아미앵으로 가는 기차에서 그들이 일단 바이올렛과 다시 합류하게 되자, 데니스는 바이올렛이 마음을 굳혔으니 자신은 영원히 그녀를 떠날 것이라고 비타에게 말했다. 그는 아미앵에 두 여자를 남겨 두고 다른 기차로 떠났다. 다음 날, 어찌 된 영문인지 바이올렛의 아버지 케펠 대령이 아미앵에 나타나 데니스에게 전보를 쳤다.

데니스는 2인승 비행기를 몰고 도착했다, 해럴드와 함께. 비타의 어머니가 주선하여 그가 데니스와 동행하도록 한 것이다. 비타가 쓴 글에 따르면, 그다음에 이어진 장면은 "다소간 품위가 없고 시끄러웠다." 하지만 비타가 "고통으로 반쯤 돌아버리게" 된 건, 바이올렛과 데니스가 참된 부부였다는 말을 해럴드에게서 들었을 때였다. 결말은 비타가 해럴드와 함께 파리로 갔다가 2주 후에 런던으로 돌아오는 걸로 끝났다.

그런데 이마저도 아직은 끝난 게 아니었다. 다음 6주 동안 비타는 "오만 가지 괴로움"을 알게 됐다. 3월 말 비타는 또 한 번 바이올렛과 함께 프랑스와 이탈리아에 갔다. 하지만 파리에서 그들을 따라잡은 해럴드가 이번에도 그들을 설득해 모험에서 돌아오도록 했다. 그리고 그것이 아마 종말의 시작이었을 것이다. 그해 여름, 늘 그렇듯 바이올렛이 정신적인 고통과 나쁜 건강을 호소하여 비타의 잘못된 관심을 이끌어내는 데 성공한 후, 비타는 일기에 자신이 얼마나 롱반에서의 평화로운 삶을 갈망하는지 적어 갔다. 그다음 해인 1921년 1월에서 3월까지 비타와 바이올렛은 한 번 더 남프랑스에서 시간을 보냈다. 이때야말로 정말이지 끊어질 수 없는 관계처럼 보였다. 하지만 비타는 이미 지난여름에 자서전을 쓰기 시작했고, 그건 의심의 여지가 없는 작별의 몸짓이었다.

바이올렛이 남편과 친정어머니와의 합의에 따라 해외에서 지내는 동안, 비타는 당시 자신의 이름을 둘러싼 스캔들의 속삭임에 약간 흔들린 채 롱반에서 삶을 재개했다. 그녀는 글쓰기를 다시 시작했고(바이올렛과 보낸 마지막 나날들에는 쓸 수가 없었다), 새 소설 《상속인The Heir》은 놀 하우스에 대한 그녀의 감정을 담았다. 해럴드와 놀 하우스는 그녀에게 있어 평생 끝없는 사랑의 대상이었다. 그녀는 또한 나중에 '전원The Land'이라는 제목으로 발표한 장편 시를 구상하고, 논픽션인 《놀과 색빌가 사람들Knole and the Sackvilles》의 집필에 들어갔다.

이제 비타와 해럴드의 결혼생활은 제자리를 찾았다. 비록 해럴드의 마음속 상처는 절대 지워지지 않겠지만. 비타가 줄곧 모성애에 가까운 부드러움으로 그를 안심시키려고 애를 썼으나, 지난 몇 달 동안 겪은 일들에 어찌 놀라지 않을 수 있었겠는가? 비타가 사랑하고 숭배하는 귀족 친구 도로시 웰즐리의 결혼생활이 안 좋은 방향으로 진행된다는 징후(그건 도로시와 비타의 우정에 새로운 가능성을 열어줄 수도 있었다)가 보였다. '도티(도로시)', 그리고 바이올렛의 가까운 친구인 팻 댄시Pat Dansey는 비타의 관심을 끌기 위해 경쟁을 하는 듯했고, 바이올렛 트레퓨시스도 전에 살던 곳으로 돌아와 있었다. 화약을 지고 사는 것과 다름없었다. 하지만 비타의 아들 나이절의 견해에 의하면 그녀의 혼외 관계는 이제 "더이상 발사 가능한 로켓이 아니었다. 끝내 폭발하지 않을, 그저 천천히 타들어가는 도화선일 뿐이었다. 그녀의 사랑은 바이올렛과 함께 도피했던 시절보다는 더욱 깊어지고, 덜 열정적이었다."

해럴드는 비타의 훗날 애정행각을 그녀의 '우왕좌왕'이라고 쓸수 있었다. (버지니아는 그녀의 '허우적거리는 버릇'을 묘사하곤 했다.) 비타는 해럴드의 연애를 그의 '즐거움'이라고 불렀다. 한번은 비타가 해럴드에게 보내는 편지에 "젭*을 너무 사랑하지는 마세요."라고 썼다. "당신의 마음이 내게서 떠나지만 않는다면, 당신이 누구랑 자든 상관없어요!" 종종 비타의 친구와 해럴드의 친구가 같은 주말에 롱반에 와서, 색빌 부인이 질겁을 하곤 했다. "비타는 해럴드에게 굉장히 헌신적인데도, 그들 사이에는 성적인 긴장감 같은 게 전혀 없다. 그렇게 젊고 잘생긴 부부에게 참으로 이상한 일이 아닐 수 없다. 비타는 조금도 질투하지 않고 기꺼이 해럴드가 마

---

* 테헤란 공사관의 3등 서기관이었던 글래드윈 젭Gladwyn Jebb을 말함.(―옮긴이)

음 편하게 누구와도 같이 있을 수 있게 해준다."

두 사람 모두, 거의 수수께끼에 가까운 방식으로, 믿음에 대한 그들 자신의 정의를 생각했다. 비타: "우리는 다른 그 누구에게도 결코 설명할 수 없는 이 기묘하고 낯선, 초연하고도 개인적이며 신비로운 관계 속에서 서로를 굳게 믿는다." 그에 대한 그녀의 '신조'는 이렇게 시작했다. "내가 무슨 짓을 하든 나를 사랑할 것." 그리고 이렇게 끝났다. "최후의 수단으로 나를 위해 모든 것과 모든 사람을 포기할 것." 최후의 수단으로, 그녀는 그를 위해 그만큼 많은 것을 했다.

그녀와 바이올렛의 애정행각은 끝났고 그 밖의 다른 사랑들은 세상을 깜짝 놀라게 할 정도는 아니었다. 그래도 비타는 여전히 롱반과 가족의 울타리 너머의, '우왕좌왕'하지는 않을 그 어떤 것을 원하고 있었다. 그녀는 평범한 것, 한계가 있다는 것이 여전히 못 견디게 싫었다. 블룸즈버리는 평범하지 않았고 버지니아 울프의 글에는 한계가 없었다. 비타는 새로운 모험에 나설 준비가 된 것일까? 이번에는 해럴드에 대한 그녀의 사랑과 공존할 수 있는 모험일까?

멍크스 하우스, 찰스턴 팜하우스
그리고 버지니아 울프의 런던

비타 색빌-웨스트와 버지니아의 우정이 싹틀 즈음 비타 색빌-웨스트가 멍크스 하우스를 방문했을 때, 버지니아는 비타의 귀족적인 아우라가 멍크스 하우스를 다 쓰러져 가는 헛간처럼 보이게 했다고 썼다. 울프 부부의 그 조용한 시골 별장은 불편한 집이었다. 그리고 찰스턴(자전거를 타고 갈 수 있는 거리)에 있는 바네사 벨의 집보다 훨씬 작았다. 울프 부부가 그곳에 갔을 때는 전기도, 욕실도, 가스도, 실내 화장실도 없었다. 버지니아의 기록을 보면, 그 집은 "겸손한 집, 기다랗고 야트막하며 문이 많이 달린 집"이었다.

찰스턴의 바네사 집도 거기서 살며 작업하고 있는 예술가들이 장식을 해서 색다른 비주얼로 눈 호강을 시켜주는 곳임에도 불구하고, 비타의 기준으로는 "고상한 사고와 소박한 삶"의 터전이었다. 하지만 찰스턴은 시골에 있는 블룸즈버리라고 할 수 있을 만큼 아주 넓은 곳이었다. 메이너드 케인스가 자주 묵어서, 전용 침실을 지정해 두기도 했다. 메이너드는 나중에 새 아내인 러시아의 발레리나 리디아 로포코바Lydia Lopokova와 함께 찰스턴 팜하우스 진입로 바로 위쪽의 집을 임대해서 지냈다. 버지니아는 찰스턴에서 "엄청나게 큰 접시꽃 모양의 램프가 비추는 핑크색 불빛 아래

바네사 벨이 살았던 찰스턴은 블룸즈버리 그룹의 정신적인 고향을 상징하게 되었다.

멍크스 하우스의 매력들 가운데 하나는 널찍한 정원이었다.
이 정원을 가꾸는 일은 레너드의 스페셜 프로젝트가 되었다.

서 밝은 청색 컵으로" 홍차를 마셨다고 묘사했다.

버지니아의 기록을 보면, 바네사는 찰스턴에서 아주 놀랄 만큼 살림을 잘 주도해서 꾸려나갔다. "벨기에 토끼, 암탉, 오리를 치면서, 여자 가정교사와 정원사를 고용하고, 아이들을 건사하면서도 내내 페인트칠을 해서 집안 구석구석을 모두 다른 색으로 바꾸었다." 반면, 멍크스 하우스는 버지니아가 고요하고 평온한 삶을 살 수 있게 해주었다. 아침에는 글을 쓰고 오후에는 책을 읽고 산책을 했으며, 차를 마신 후에는 난롯가에서 편지와 일기를 썼다. 로드멜 교회의 그늘에 가려진 멍크스 하우스 정원의 한구석, 사우스다운스(South Downs, 영국 남동부에서 동서로 뻗어 있는 풀밭의 구릉지―옮긴이)가 건너다보이는 헛간 같은 방에서 버지니아는 글을 썼다. 그녀는 그곳에서 바라보는 풍경, 장식이 없는 텅 빈 공간, 꾸밈이 없는 색깔, 그리고 "설화석고의 전등갓 아래로 떨어지는 빛"과 같은 그곳의 조명을 좋아했다. 그녀는 달빛 아래에서 동틀 무렵까지 바깥에 누워 있곤 했다. 울프 부부는 6년간 여름마다 사용했던 아샴 하우스 임대 기간이 끝나 어찌할 수 없이 포기해야만 했던 1919년 여름, 우연찮게 멍크스 하우스의 경매 공고를 발견했다. 버지니아는 일기를 쓰면서, 방들은 죄다 조그맣고 부엌은 형편없는 데다 "수사들monks은 색다른 것이 없다."고 그 집을 마음속으로 비웃었다. 그리고 나니 열정이 사라지긴 했지만 "정원의 크기와 모양, 비옥함과 자연스러움"에서 얻게 될 즐거움을 생각하니 온갖 결점들이 눈 녹듯 사라졌다.

찰스턴에서 간직하고 있는 화려한 장식 외에, 블룸즈버리 예술가들은 멍크스 하우스에도 장식적인 예술품을 많이 기증했다.

경매를 통해 700파운드에 그 집을 산 뒤, 정원은 레너드의 주된 취미활동이 되었다. 채소밭과 온실, 벌집, 과수원을 관리하게 된 사람은 그였다. 하지만 버지니아는 나중에 그들이 여름을 보내고, 휴가와 "신성하고 신선한 주말들"을 보낸 그 집에서 두 사람이 "시시덕거리며", 정원으로 나가서 뿌리를 찔러보고, 나스터섬(nasturtium, 한련—옮긴이) 꽃밭을 계획했던 모습을 글로 옮겨 놓았다. 몇 년 동안 그 집은 블룸즈버리 멤버들의 기준으로 봐서도 꽤 불편했다. 언젠가 한 번은 거기에 묵고 있던 E. M. 포스터가 침실에 있는 난로에서 불을 쬐다가 바지에 불이 옮겨붙기도 했다. 그러나 버지니아가 쓴 책들에서 인세가 나오기 시작하면서 편의 설비를 하나씩 늘려나갔다. 1929년에는 2층으로 증축도 했다. 버지

멍크스 하우스에서는 버지니아의 옥외 집필실, 그리고 버지니아의 집필실을 품고 있는 로드멜 마을 교회가 보인다.

멍크스 하우스의 튤립. 레너드는 선이 분명하고 화려한 색의 꽃을 좋아했다.

니아는 손수 벽에 페인트를 칠했다. 그녀가 독성이 있는 녹색 페인트를 고른 것을 보고 친척들이 웃는 바람에 그녀는 바네사에게 오메가 공방 스타일로 꾸미도록 도움을 요청하고 약간의 사례비를 건넸다.

버지니아는 멍크스 하우스와 런던에서의 자신의 삶을 비교해 보는 것을 가장 좋아했다. 버지니아는 런던을 아주 사랑했기 때문이다. 버지니아는 '블룸즈버리' 그룹의 이름이 유래한 지역과 가장 밀접하게 연관된 인물이고, 블룸즈버리 그룹이 고든스퀘어의 높고 흰 건물들을 비범한 곳으로 특화시킨 건 누가 봐도 분명한 사실이다. 버지니아는 고든스퀘어 46번지가 어떻게 '중심지가 되기 시작'했는지에 대해 썼다. 그녀의 조카딸 안젤리카 벨은 케인스 부부와 리턴 스트레이치 가족, 에이드리언 스티븐 부부와 그

딸들이 각각 고든스퀘어의 다른 쪽에 살고 있는 데다, 태비스톡스퀘어 모퉁이만 돌면 문자 그대로 코 닿는 곳에 '늑대들(울프 부부)'과 다른 지인들이 모여 살았을 때는 "다들 한 가족처럼 지내서 나는 런던의 이 지역이 우리 소유라는 느낌이 들었다."고 썼다. (리턴 스트레이치는 그것을 설득력 있게 케임브리지 대학과 비교했다.) 안젤리카는 고든스퀘어를 만남의 장소로 기억했다. 한 무리의 낯익은 사람들이 저녁에 테니스를 치는 선수들을 구경하면서 서로 담소하는 것을 볼 수 있었다.

그러나 버지니아가 "오래도록 로맨틱하게 런던을 산책"할 때 연인처럼 빠져든 것은 블룸즈버리만이 아니었다. 그녀는 레너드가 그녀의 건강을 걱정하던 몇 년 동안, 그들 두 사람의 에너지를 런던 교외의 리치먼드(Richmond, 유네스코 세계 유산에 등재된 세계 최대의 식물원인 큐가든으로 유명―옮긴이)에만 가두어 놓았던 것을 아쉬워했다. 그녀는 "사람들과 함께 모험하기"를 좋아했고 런던의 역동적인 미래와 과거 모두를 가장 잘, 소중하게 간직하고 있는 시티(the City: 런던의 상업과 금융의 중심지―옮긴이)에 특히나 애착을 가졌다. "때로는 겨우 칩사이드(Cheapside 런던의 시티를 동서로 가로지르는 큰 거리―옮긴이)까지만 걸어가야 할 때도 있었다…." 하지만 그 정도면 됐다. 리치먼드에서는 "피에 굶주린 표범이 된 듯한" 느낌이었다고 하던 그녀의 말이 귀에 쟁쟁하다.

"런던은 끊임없이 나를 유혹하고 자극하며, 연극을 보여주고 이야기와 시를 들려준다. 내 다리를 움직여 거리를 옮겨 다니는

찰스턴의 가든 룸. 덩컨 그랜트가 난로 위에 있는 무릎 꿇은 두 인물을 그렸다. 그와 바네사 벨은 집 구석구석을 온통 패턴과 그림으로 채웠다.

수고를 빼면 아무런 어려움이 없다." 이렇게 쓴 날인 1928년 5월 31일, 그녀는 코커 스패니얼개 핑커(비타가 그녀에게 준 개)를 붉은 사자 광장과 "소녀의 주검이 어제 발견된" 그레이트 오먼드 스트리트를 거쳐 그레이스 인 가든까지 산책시켰다. 런던에서 혼자 걷는 건 "최고의 휴식"이라고 나중에 버지니아가 말했다. 버지니아는 자신의 버릇을 "거리 출몰하기"라고 묘사하곤 했다. 알고 싶고 묻고 싶은 게 많은 버지니아의 영혼은 오늘도 런던 거리 여기저기에 출몰하고 있을 것 같다.

제2부

1922~1930,
올랜도

사진관에서 촬영한 1925년의 버지니아. 사람들이 그녀에 대해 언급한 모든 것을 담고 있다. 그녀의 마른 몸매, 부서질 듯 연약하고 섬세한 분위기, 그리고 누군가 다른 사람이 하는 말을 들을 때면 시선을 아래로 향하는 매력적인 눈. 비타 역시 버지니아가 옷을 "아주 형편없이" 입었다고 꼭 집어 말했다.

비타와 버지니아

04

⋮ 1922~1925 ⋮

버지니아 울프는 1922년 8월 3일 자신의 일기에 이렇게 적었다: "모든 걸 고려해봤을 때, L(레너드)과 나는 유명인사가 되어가는 중이다…. 니컬슨 부인(비타)은 나를 최고의 여성 작가라고 생각한다. 그리고 나는 니컬슨 부인이 나에 대해 들었다는 이야기들에 대해 거의 익숙해지고 있다." 일전에 클라이브 벨이 자신의 새로운 지인 '니컬슨 부인(비타가 늘 혐오하는 호칭)'에게 버지니아 울프를 소개했을 때가 12월이었다. 그리고 나흘 후에 비타가 버지니아를 에버리 스트리트Ebury Street에서의 저녁 식사에 초대했다. 하지만 그때부터 새로운 우정은 놀라운 속도로 진행되었다. 비타는 작가로서의 버지니아 울프를 흠모할 준비가 되어있었다. 마흔 살에야 작가로서의 출발선에 섰고, 최근까지도 여전히 리턴 스트레이치, 아니면 레너드가 자신보다 기억에 남을 가능성이 더 높다고 확신했던 버지니아로서는 비타의 흠모를 받을 준비가 되어있었다.

비타는 해럴드에게 자신의 새로운 열정의 대상을 숨길 이유가 없었다. 그녀는 해럴드에게 울프 부인을 무척 흠모하며 해럴드도 그렇게 느낄 것이라고 편지에 적었다. 버지니아는 너무도 수수해서, "뭔가 대단한 사람"이란 느낌을 주었다. 버지니아는 전혀 가식이나 꾸밈이 없었고, 옷도 "아주 형편없이" 입었다. 처음에는 그녀가 평범해 보였다. 하지만 일종의 "지적인 아름다움"이 느껴지기 시작했다…. "나의 사랑 해럴드, 난 정말 그녀에게 완전히 푹 빠져버리고 말았어요."

버지니아는 비타와 만난 다음 날의 일기에 "머릿속이 몽롱했다."고 썼다. "멋지고 재능 있는 귀족 색빌 웨스트"를 만난 것에 어느 정도는 그 원인이 있었다. "발그스레한 뺨, 가뭇가뭇 솜털이 난 윗입술, 잉꼬 빛깔로 물든 피부" 등은 버지니아가 기억을 떠올리며 그녀를 묘사한 단어들이고, "귀족계층의 안락함과 너그러움을 모두 갖췄음에도 불구하고, 예술가로서의 위트는 없었다."라는 말도 적었다. 비타는 빠른 속도로 하루에 15페이지씩 글을 썼는데, 버지니아는 그것에 감탄하면서도 신중하게 판단을 유보했다, 비타는 사람들을 모두 알고 있다. "하지만 어떻게 내가 그녀를 알겠어? 난 화요일에 그곳에서 식사를 할 예정이다."

비타의 "내숭을 떨지도, 겸손한 척 위선을 떨지도 않으며… 술

버지니아와 레너드. 그녀는 종종 필터가 달리지 않은 권련을 피우거나 잘게 썬 담뱃잎을 직접 말아 피웠다.

을 주문해서 미끼를 던지듯 건네주는 태도는 나를 순진한 아가씨처럼, 수줍은 여고생처럼 느끼게 만든다. 그래도 저녁 식사 후에는 내 의견을 개진할 수 있었다. 그녀는 영국 근위대 병사 같다. 저돌적이고, 옴폭 파인 턱의 보조개가 마치 잘생긴 남자처럼 보인다."

버지니아는 다음 해 1월 2일에 또다시 비타에 대해 쓰고 있었다. 새해 첫날이 지나고 버지니아는 "간호사들이 나의 증세를 말할 때 사용하는, 그 상태"에 빠져 있었다. 그녀는 언니 바네사의 삶과 아이들(버지니아에게 늘 반복되는 주제)을 부러워했고, 네사와는 약간 거리를 두고 싶다는 생각도 했다. 현재는 집 밖에서 많은 시간을 보내고 있는데, 늦도록 밖에 있고 건강을 챙기지 않고 어리석을 짓을 한다며 레너드가 잔소리를 해서 조금은 궁지에 몰릴 듯한 기분도 들었다. 버지니아는 자신과 레너드가 나이 들어가는 것이 두려웠다. 1923년 1월 캐서린 맨스필드가 결핵으로 세상을 떠났다. 버지니아는 캐서린과 자신에게 일맥상통하는 부분인 "예리함, 현실감각…"을 다른 사람에게서는 결코 찾아볼 수 없을 것 같다며 불안에 떨었다. '새로운 디바 비타'의 출현이 어쩌면 시기적절했을 것 같다.

버지니아는 뭔가 새로운 것을 찾고 있었다. 리치먼드에서도 외딴곳에 속하는 멍크스 하우스에서 지내는 동안 버지니아는 고립되어 있다는 생각이 들었다. 레너드가 고집스럽게 버지니아의 건강에만 신경을 썼기에 그녀는 "묶인 채 감옥에 갇힌 듯 억제당하는 기분"을 갖게 됐다. 몇 달 후의 일기에서 버지니아는 런던의 중심부로 다시 이사 가고 싶다는 그녀의 절박한 욕구에 대해 의문을 제기하는 레너드와 여전히 대치 중이라고 썼다. '한창나이'인 그들 나이대의 사람이 위험을 두려워한다는 것이 '소심하게' 보였다. 앞으로 10년 안에 그들은 틀림없이 출판으로 명성을 얻거나, 아니면 파산에 이르게 될 것이다. 비타는 그녀에게 가장 실용적인 수준에서라도 좀 더 모험심을 발휘해서 옷을 더 맵시 있게 입고 돈을 쓰라고 부추겼다. 후에 비타와의 우정에서, 버지니아는 비타가 자신에게 새 지평을 열어준 것을 고마워했다. "난 친구들을 마차의 측면에 달린 등불로 이용한다. 당신의 불빛으로 나

버지니아(왼쪽)와 비타가 함께 찍은 몇 안 되는 사진들 가운데 하나. 레너드 울프가 찍었다. 개에 대한 사랑은 두 사람을 이어주는 끈이었다.

는 또 다른 시야를 얻는다."

버지니아가 일주일 동안 침대를 벗어나지 못할 정도로 앓고 난 후, 2월 중순에 "니컬슨 부부가 찾아왔다. 그녀는 눈에 띄는 사포주의자(여성 동성애자)이고, 내가 비록 나이는 많지만 나에게 눈길을 줄 수도 있다." 비타의 일기: "리치먼드에서 버지니아와 저녁을 먹었다…. 사랑은 모두에게 권태를 수반하지만, 삶의 자극은 다른 사람들에게 조금 더 다가가려는 '작은 몸짓'에 있다고 버지니아는 말한다." 그렇지만, 비타는 덧붙였다. 아마도 "그녀의 품성을 보니 경험주의자인 것 같은데, 지금껏 살아오면서 뜨거운 사랑을 한 번도 해 본 적 없어서 이렇게 생각하는 게 아닐까…."

3월 중순 니컬슨 부부는 고든스퀘어 46번지에서 블룸즈버리 멤버들을 만나 식사를 했다. 버지니아는 그곳의 불빛이 너무 밝아 두 사람이 돋보이지 않았다고 느꼈다. "우리는 니컬슨 부부를 구제 불능의 어리석은 사람들로 판단해버렸다." 해럴드는 누가 봐도 허세를 부리는 게 명백했고, 비타는 지나치게 뻣뻣했다. 비타는 권력층과의 강력한 인맥으로, 지금은 윈저성에 전시되어 있는 메리 여왕의 저 유명한 '인형의 집' 서가에 꽂힌 미니어처 책 《설명서A Note of Explanation》를 썼다.* 동화의 여주인공이 알라딘의 궁전이 지어지는 것을 보고, 신데렐라의 무도회에 참석한 다음, 20세기의 온갖 편의시설이 갖춰진 인형의 집으로 이사 간다는 기발한 이야기였다. 비타는 버지니아도 이야기를 써서 헌정해야 한다고 제안했다. 하지만 그 대신에, 어떤 집에 사는 죽지 않는 사람이라는 아이디어는 아마도 버지니아의 소설 《올랜도Orlando》에 들어간 듯싶다.

그런데 1923년 가을 즈음, 비타는 다른 로맨스를 마음속에 품었다. 그녀는 어릴 때부터 제프리 스콧(Geoffrey Scott, 1884~1929, 시

---

* 1920년대 영국의 예술가들이 조지 5세의 아내이자 현재 엘리자베스 2세의 할머니인 메리 왕비Queen Mary를 위해 만든 인형의 집은 1924년에 만들기 시작, 1942년에 완성되었다. 당시 왕가의 생활상을 보여주는 모든 모형은 실제 크기의 $\frac{1}{12}$로 만들어졌고, 전기와 수도도 들어가 있으며 엘리베이터 등도 작동된다. 러디어드 키플링, 아서 코넌 도일 등의 책을 미니어처로 만들어 전시해 놓았으며, 비타는 이를 위해 새로운 책을 써서 헌정했다. 거의 한 세기 동안 메리 왕비의 인형의 집에 전시되어 있었을 뿐, 거의 알려지지 않았던 비타의 책은 현재 풀사이즈 판으로 출간되어 있다.(―옮긴이)

인이자 건축학자, 역사학자)을 알고 있었지만, 비타가 스콧과 그의 아내 시빌 부인(Lady Sybil Cutting, 1879~1942, 작가)과 함께 피렌체 북부에 있는 그들 부부의 별장에 가 함께 머물 때, 제프리가 갑자기 구애를 하자 비타도 열정적으로 맞받았다. 그러나 비타의 열정은 그의 열정보다 더 빨리 타고 꺼져버렸다. 다음 해 봄 스콧은 그녀를 위해 모든 것을 포기하겠다고 했다. 그 연애 사건으로 스콧의 결혼생활은 파국을 맞게 되었지만, 비타는 그 일로 자신의 결혼생활을 끝장낼 준비가 되어있지 않았다. 나이절 니컬슨이 말한 대로, "스콧과는 비교도 할 수 없는 특별한 재능을 지닌 여자가 그의 자리에 대체"되었으며, 그 여자와 비타의 로맨스는 해럴드를 향한 비타의 사랑과 동시에 어우러질 수 있었다.

버지니아는 5년 후에 그 당시를 뒤돌아보며, 비타가 "태비스톡 스퀘어에 앉아서 나와 이야기하는" 동안 잔뜩 골이 난 제프리가 리젠트파크의 좁은 거리에 앉아 있던 모습을 기억해 냈다. 1924년 3월 울프 부부는 태비스톡스퀘어 52번지로 이사해 맨 위의 2개 층은 자신들이 쓰고 지하층은 출판사와 버지니아의 서재로 사용했다. 그 사이에 있는 공간은 변호사 사무실이 차지했다. 호가스 프레스가 문을 연 지 7년이 지났지만 "오래 못 갈 것 같다는 아마추어다운 걱정"은 계속 커졌다. 그들의 1925년 출판 목록에는 34권이 올라갔다. 이제 가장 잘 팔리는 작가가 된 비타는 그 출판사의 작가 모임에 합류할 수 있었다.

버지니아는 블룸즈버리로 돌아온 것이 기뻤다. "런던 그대는 보

바네사 벨이 그린 태비스톡스퀘어 52번지에서의 버지니아. 바네사는 이 그림을 레너드에게 크리스마스 선물로 주었다. 울프 부부는 1924년 리치먼드에서 태비스톡스퀘어로 이사했다.

석 중의 보석, 그리고 온갖 즐거움 중의 보석. 음악, 대화, 우정, 도시 풍경, 책, 출판, 가장 중요한 것 같은데 딱히 설명할 수 없는 것들, 이 모두가 지금 내 손이 닿는 곳에 있다." 그해 여름 그녀는 비타와 같이 놀에도 갔다. 제프리 스콧과 도티 웰즐리가 그곳의 파티에 참석했다는 사실에도 불구하고 방문 시기를 늦추지 않았다.

"조상들, 수백 년의 세월, 은과 금, 이 모든 것이 완벽한 신체를 창조했다."고 그 후에 버지니아가 기록했다. "그녀는 수사슴 같고 혹은 경주마 같다, 뾰족한 얼굴만 제외하면. 두뇌가 아주 명석하지는 않아도 몸매로만 따지면 그녀는 완벽하다…. 나에게 인상적이었던 것은 비타의 혈통이었다." 버지니아는 늘 비타뿐만 아니라 엘리자베스 1세 시대에 끌렸다. (문학에 대한 버지니아의 첫 번째 에세이집 《보통의 독자The Common Reader》는 '엘리자베스 1세 시대의 헛간'에 대해 한 챕터를 할애했다. 이 책은 이듬해에 출판되었다.)

그달 말 이탈리아의 돌로미티Dolomites 산맥에서 호가스 프레스를 위해 《에콰도르의 유혹자들Seducers in Ecuador》을 쓰고 있던 비타는 버지니아가 사람들을 글의 소재로 이용하는 것을 날카롭게 지적했다. "당신은 가슴보다는 머리를 통해서 사람들을 좋아해요." 버지니아는 자신에게 많은 아픔을 준 친밀한 편지에서 기쁨을 맛보았다고 답장했다. "그것이 친밀감의 첫 단계라는 것을 나는 의심하지 않아요."

레너드조차도 이때의 비타가 문자 그대로 인생의 절정기에 있다고 묘사했다. "그녀는 힘이 최고조에 이른 동물이며 만개한 아름다운 꽃이다. 그녀는 아주 잘 생기고, 매력적이고, 귀족적이고, 기품 있고, 오만한 티가 났다." 레너드가 비타에게 친밀감을 느끼기 어려웠던 건 바로 이런 요소들 때문이었다. 울프 부부는 비타에게, 그녀야말로 성城 안에서만 진짜로 편안함을 느끼는 사람이라고 말하곤 했다. 반면 레너드는 그런 곳에서는 결코 편하게 느낄 수 없다고 했다.

그러나 버지니아는 멍크스 하우스의 분위기와 매우 어울리지 않는 비타의 방문을 대단히 즐겼다. 비타는 파란색의 커다란 신형 오스틴 자동차에 얇은 종이로 감싼 야회복을 넣은 은제 슈트케이스를 싣고 마을을 미끄러지듯 달려왔다. 그녀는 비타가 "귀족의 우아함과 용기를 겸비하고, 예상했던 것보다 치기가 덜한, 완벽한 귀부인"이어서 좋았다. 버지니아는 심지어 《에콰도르의 유혹자들》에 감탄하기까지 했다. 비타가 쓴 책은 "구시대적인 장광설에서 벗어났고", 그 책에서 "문학의 한줄기 희미한 빛"을 발견했다는 것이다. 온당한 칭찬인 듯하다. 하지만 비타가 "글쓰기뿐 아니라, 어머니, 아내, 귀부인, 여주인"으로서는 어떤지 버지니아가 물었다. "…그 많은 것들 중 내가 하는 일은 하잘것없어요." 비타가 쓴 글에 대한 버지니아의 감사는 책을 펴낸 출판업자가 베스트셀러를 낸 작가에게 으레 하는 인사일 수도 있다. 하지만 그녀는 비타를 보고 이렇게 감탄한다. "남성과도 같은 명쾌한 판단력, 그리고 단순함… 오, 그래. 난 그녀가 좋아. 그녀를 나의 마차에 죽 붙들어둘 수 있을 거야. 그리고 만약 삶이 허락한다면, 이 또한 일종의 우정이 될 수도 있겠지."

그해 겨울 버지니아는 자크 라베라에게, 자신은 갈수록 우정에 전념했고, "성적인 관계는 예전보다 더 지루했다."고 털어놓았다. 그녀가 쓴 것을 보면 "사랑은 열병이고, 광란이고, 전염병이다. 아, 그런데 얼마나 지루하고 얼마나 단조로운가. 그리고 젊은 남녀들의 사랑은 또 얼마나 그들을 저 평범함의 나락으로 몰아내는가!"

버지니아는 비타를 "영국 근위대 병사 같다. 저돌적이고, 잘생긴 남자처럼 보인다."고 묘사했다.

　　버지니아는 1923년 6월의 어느 날 하루 동안 상류층 가정의 여주인 클라리사 댈러웨이가 파티를 준비하는 이야기인《댈러웨이 부인Mrs Dalloway》을 막 출간하려는 참이었다. 소설 속에서 주인공 댈러웨이 부인과 한 번도 만나지 않는 인물로, 전쟁의 트라우마로 고통을 겪고 있는 참전 용사 셉티머스 워렌 스미스의 경험은 버지니아 자신의 경험을 상기시킨다. 셉티머스는 할리스트리트(Harley Street, 런던 중심부의 개인 병원 밀집 거리—옮긴이)의 의사로부터 자기자신에 대해서는 최대한 적게 생각할 것이며, 기약 없는 휴식을 취하고 아내와는 별거하라고 닦달당한다. 그리고 자신을 요양원에 보내려고 온 지역보건의에 의해 겁쟁이로 내몰리자 죽음으로 뛰어든다. 하지만 클라리사 댈러웨이의 오랜 친구인 샐리 시튼과의 소녀 시절 경험에서도 버지니아의 목소리가 들린다. 클라리사는 그들이 소녀 시절에 키스를 나누었던 때를 "평생에 걸쳐 가장 아름다웠던 순간"으로 기억하고 있다. 버지니아는 이렇게 썼다. "여성들과 친해질 수 있다면, 얼마나 즐거운가. 남성들과의 관계에 비해 너무도 비밀스럽고 사적인 그 관계가."

버지니아는 이미 그녀의 다음 소설인 《등대로》에 대한 구상을 하고 있었다. 비록 그 작품의 소재의 개인적인 측면들 때문에 가끔 글을 쓸 수 없거나 병이 나서 좌절하기도 했지만, 그 책은 이듬해에 출간되었다. 소설은 아버지의 성격을 "완전하게 묘사했고", 버지니아는 어머니, 세인트아이브스, 유년 시절, "그리고 내가 늘 써넣고 싶어 했던 모든 것들, 즉 삶, 죽음 등등"을 소설을 쓰기 전에 자신의 일기장에 적었다. "하지만 작품의 중심은 배에 앉아 죽어가는 고등어를 발로 짓이기며, '우리는 모두 외롭게 죽어간다'고 읊조리던 아버지의 캐릭터이다." 책의 두 부분—초반의 길고 멋진 여름휴가, 그리고 잠시 후 별장에 도착하는—은 길고 의식적이면서도 실험적인 '시간은 흐른다'라는 표제와 연결되어 있다. 시간이 흐르는 동안 램지 부인은, 간단히 괄호로 처리된 삽입 문구 속에서, 죽음을 맞이한다. 버지니아는 "난 '소설' 대신 내 책을 가리키는 새로운 이름을 만들어내겠다는 생각을 품고 있었다. 버지니아 울프가 지은 새로운 것. 그런데 뭐라고 하지? 엘레지?"

《등대로》에서, 램지 가족의 스카이섬에서의 휴일은 스티븐 가족의 세인트아이브즈에서의 휴일을 떠올리게 했다. 버지니아는 램지 부인이 줄리아 스티븐이면서 바네사이기도 하다고 말했다. 하지만 어쩌면 다른 등장인물들이 램지 부인에게 내비치는 거의 에로틱한 헌신은, 그녀가 등대에 비교한, 비타를 향한 버지니아의 감정이 드러난 것이다. "불안정하고, 무뚝뚝하며, 멀리 떨어진." 나중에 버지니아는 램지 부인에 관해 쓰면서 자신의 어머니에 대한 집착에서 벗어났다고 말했다. 비타가 영향을 주었을까?

버지니아의 상태가 안 좋던 그해 가을에, 비타는 롱반에 오기를 권하며 '요양원'으로서 어떤 장점이 있는지를 편지로 써서 보냈다. 11월 말 비타가 '불행하게도' 페르시아로 가게 됐다는 소식이 들려왔다, 외교관인 해럴드의 다음 주재지였다. 버지니아는 그 생각에 너무 신경을 쓴 나머지 "내가 그녀를 진심으로 아주 좋아한다는 결론을 내렸다." 버지니아는 이 병의 가장 좋은 점은, 그것이 "뿌리 주변의 흙을 부드럽게 풀어준다는 것이다."라고 했다. 변화의 가능성을 허락한 것이다. 둘의 관계에 변화, 일종의 성숙이 빠른 속도로 다가오고 있었다.

12월 7일 버지니아는 거의 울고 있는 자신을 발견하고는 당황했다. "악마 같은 비타 때문이다. 편지도 없고. 만나러 오지도 않고. 롱반에 초대하지도 않고…. 지금 그녀를 볼 수 없다면, 나는 앞으로 영원히 볼 수 없을 거야. 친밀감을 위한 순간은 내년 여름에는 사라지고 없을 테니까." 페르시아로 떠날 준비를 하는 중에 비타는 해럴드에게 새로운 해결책을 찾아보려고 편지를 쓰고 있었다. 그녀는 버지니아를 롱반으로 데려왔었고, 그리고 그녀는 '훌륭한 동지'였다, 하지만;

"제발 이런 생각은 하지 말자
(가) 나는 버지니아와 사랑에 빠질 것이다
(나) 버지니아는 나와 사랑에 빠질 것이다
(나) 레너드는…
(다) 나는 레너드와…

왜냐하면 그렇지 않으니까."

이틀 뒤 비타는 버지니아가 "내가 아는 사람들 중에서 정신적으로 가장 흥분을 잘하는 사람이었다."고 적었다. 그 이틀 동안 그들의 우정은 일사천리로 발전했다. 하지만 비타가 그녀를 사랑했다 하더라도 그녀와 "사랑에 빠질" 수는 없었다…. 그래도 비타가 해럴드에게 나중에 전한 말에 따르면 그들이 육체적인 관계로 발전한 것은 레너드가 합류하기 전, 버지니아가 롱반에서 비타와 함께 오붓하게 둘이 보낸 그 이틀 동안이었다. 보통은 비타가 더 적극적인 파트너였지만, 그날은 버지니아가 "너무 달려든" 바람에 "소파에서 폭발이 일어나고 말았다"며 두 여자가 나중에 농담을 했다.

버지니아가 이끌렸던 비타의 도도함과 귀족적인 품위가 잘 드러난 사진. "그녀는 수사슴 같기도 하고 경주마 같기도 하다."고 버지니아는 말했다.

1922~1930, 올랜도

버지니아가 일기에 쓴 비타에 대한 매혹적인 긴 묘사는 그녀의 매력의 본질을 탐구한 글이었다. 세븐오크스의 식료품점 같은 예상 밖의 장소에서도 비타는 "촛불처럼 타오르고" 있었다. "핑크빛으로 물든 뺨, 진주 귀걸이를 늘어뜨리고, 진주 목걸이를 목에 두른" 비타가 "너도밤나무처럼 곧게 뻗은 다리로" 성큼성큼 걸었다. 버지니아는 줄곧 비타의 다리에 혼을 빼앗겼다.

하지만 버지니아가 느낀 비타의 매력이 순전히 육체적인 것만은 아니었다. 버지니아는 비타의 "완숙함과 한껏 부푼 가슴"에 끌렸다. 그 모습을 보노라면 "비타는 정말이지 해수면이 최고조에 달했을 때 돛을 모두 올리고 항해하고 있는 것 같다." 반면, 버지니아 자신은 (자발적인 통제, 그리고 레너드의 감시와 뒷바라지 때문에) 강가에서의 조용한 삶에 갇혀 있었다.

버지니아는 채츠워스 하우스(Chatsworth House, 잉글랜드 더비셔의 대저택—옮긴이) 같은 곳을 방문하고, 나라를 대표하는 외교사절 역할을 하고, 털이 덥수룩한 중국산 차우차우 개를 다루는 비타의 능력과 그녀의 참된 모성애 사이에 연관성이 있다는 것을 알았다. "그녀는 요컨대 (나는 한 번도 되어 본 적이 없는) 진정한 여성이다." 몇 년 전 네사의 결혼 직후 버지니아가 또 다른 '진정한 여성'인 바네사에 대해 썼던 글이 연상되는 내용이다.

비타 본인도 이 점에 대해서는 알고 있었다고 버지니아는 적고 있다. "내게 모성애를 아낌없이 베풀어줬는데, 무슨 영문인지 글쎄, 그게 내가 사람들에게서 항상 원하던 것이었다." 버지니아는

시싱허스트에 있는 비타의 컬렉션 중 하나. 라벨이 많이 붙어 있는 여행 가방에서 그녀의 페르시아 여행이 얼마나 멋졌는지를 보여준다.

그걸 레너드와 바네사로부터 받았고, 그리고 비록 "좀 어설퍼서 밖으로 드러나는 방식"이긴 했지만 비타로부터도 끌어냈다.

버지니아의 일기에 담긴 이 긴 글에서 그 외도에 대한 레너드의 관용을 볼 수 있어 흥미롭다. 전에는 버지니아를 흥분시킬 수 있는 일은 무엇이든 마음을 졸이던 레너드였지만, 이번만큼은 버지니아에게 그녀의 "걱정과 자제… 나를 원하지 않을 수도 있는 사람과 성교를 할 때 나의 일상적 자의식 등등은 모두 순전히 말도 안 되는 소리"라고 말했다.

아주 별나게 대처해야 하는 아내와 살며 쓰디쓴 경험을 많이 겪은 것은 해럴드도 마찬가지였다. 그는 1926년 1월 8일 비타에게 이런 편지를 쓴다. "버지니아에 대해서는 별로 신경 쓰지 않아. 그리고 내가 보기에 당신들 두 사람은 아마도 서로에게 굉장히 잘 맞을 것 같군. 난 그저 당신이 기혼자에게 손을 내밀었다가 잘된 경우가 없었다는 걸 걱정하는 것뿐이오." 해럴드는 작별 인사를 하겠다며 비타에게 히스테리컬하게 전화를 걸었던 제프리

노새를 타고 있는 비타. 바흐티아리 산맥을 가로지르는 비타의 여정은 여행기로 만들어져 《열이틀Twelve Days》이라는 제목으로 출간된다. 비타는 자신이 어떻게 폐허가 된 오두막에서 잠을 자게 되었는지, 어떻게 문명사회의 모든 양식을 잃어버렸는지를 버지니아에게 써 보냈다.

스콧을 떠올리고 있었다.

　비타는 페르시아로 떠나면서, 심지어 도버로 가는 열차에서도 버지니아에게 편지를 썼다. 밀라노에서 보낸 편지에는 자신이 "버지니아만 해바라기하는 존재로 전락해버렸다."고 적고 있다. 버지니아가 그녀에게 있어서 얼마나 중요한 인물이 됐는지 믿기 힘들 정도였다. 두 사람의 역학관계에서 비타가 이렇게 감정을 드러내게 된 까닭에 대해서는 별로 말해주는 바가 없다. "오, 이런! 하지만 나는 당신 앞에서는 꾀를 부리거나 냉담하게 굴 수가 없어요. 그러기에는 내가 당신을 너무나도 사랑하니까." 막상 페르시아에 도착한 비타는 그곳의 경이로운 자연과 이국적인 정취를 즐기고, 그녀의 책《테헤란으로 가는 여행자Passenger to Teheran》에 이를 기록한다.

비타가 떠난 다음, 버지니아는 일기에 심정을 적었다. "나는 흥분할 일도, 특별히 표시해 놓은 날도 없는 걸 깨닫는다. 비타가 떠나고 없으니까." 버지니아는 나중에 비타에게 이렇게 말했다. 그때 자신에게 불행이 닥칠까 너무 놀라고 두려웠었다고. 그러나 아마도 그들 사이에 부각되었던 그 지리적 거리 때문에 버지니아는, 그녀답지 않게, 이 관계에서 멀어졌을 것이다. 그로부터 몇 달 후인 5월 말에, 비타의 귀국이 임박해짐에 따라, 버지니아는 1월에 그렇게 절절한 마음으로 떠났던 비타와의 관계에 대해, 그 본질에 대해 의문을 제기하기 시작했다―"그리고 이제 어쩐담?" 버지니아는 자신이 정말로 비타를 사랑하고 있는 것인지 자문했다―"그런데 사랑이 뭐지?" 버지니아와 "사랑에 빠진" 비타의 존재 자체가 마음을 사로잡는 일이었다. "흥분되고 우쭐한 마음이 들며 재미있다."

닷새 뒤, 비타가 돌아오고 나서, 버지니아는 "떨어져 있다가 다시 만날 때의 충격"을 기록했다. 사람이 얼마나 쑥스러울 수 있는지, 기다리던 사람을 실제로 만남으로써 어떻게 환상이 사라지는지를 말이다. 비타는 더 성숙해 보였지만, 약간 초췌하고 조용하고 수줍어 보이기도 했다. 버지니아는, "이제까지 편지에서 그렇

멍크스 하우스의 식당에는 덩컨 그랜트와 바네사 벨이 디자인한 의자들이 있다.
거울의 프레임은 덩컨의 디자인에 덩컨의 어머니가 수를 놓은 것이다. 그 너머는 거실.
버지니아는 자신의 취향대로 고운 초록색 페인트를 보고 친구들이 비웃는다고 투덜댔다.

게 솔직하게 자신을 털어놓았기에, '어, 이게 다야?'라는 생각이 들었는데도, 그런 마음을 억누르려고" 잡담을 이어갔다. 어쩌면 그 거리감의 원인은 양쪽 모두에게 있었을지도 모른다.

1926년 6월 12일, 비타는 해럴드에게 편지를 썼다. 해럴드가 집에 없는 동안 로드멜에서 이틀간 지낼 예정인데, 버지니아가 혼자 있고 싶어하지 않기 때문이라고 전했다. 울프 부부는 《댈러웨이 부인》의 수익으로 실내 화장실을 설치했다. 비타는 울프 부부가 위층으로 올라가 화장실 물탱크 줄을 잡아당기고 수세식 변기에 물이 쏟아지는 소리를 들으며 마냥 기뻐하는 모습을 묘사했다. 그녀와 버지니아는 커피와 삶은 달걀, 와인, 체리 등을 챙겨서 피크닉을 갔다. 비타와 마주 앉아 바네사 벨이 도안한 무늬를 수놓던 버지니아는 이따금 고개를 들어 비타를 바라보다가 입을 열었다. "우리, 섹스에 대해 이야기해볼까?"

버지니아는 네사에게 다소 뽐내듯 다음과 같은 편지를 썼다. "6월의 밤은 길고 따뜻해. 장미가 꽃을 피웠어. 정원은 아스파라거스 꽃에서 뒤엉킨 벌들과 그 욕망으로 가득하고." 비타는 다시 한번 버지니아는 전혀 '문란'하지 않다고 해럴드를 안심시켜야 했다. "버지니아는 정확히 문란하지 않아요. 그녀는 바쁜 사람이고, 분별도 있어요. 하지만 그녀는 정말 나를 사랑하고, 나는 로드멜에서 그녀와 잤어요. 그래도 그건 문란한 건 아니에요." 해럴드가 답신을 보냈다. "오, 여보. 난 버지니아가 문란해지지 않기를 진심으로 바라오. 그건 휘발유 탱크 위에서 담배를 피우는 거나 같으니까." 비타는 바이올렛 트레퓨시스와의 일은 "내가 결코 다시는 감당해낼 수 없을 미친 짓"이었다고 말함으로써 해럴드를 안심시키려고 애썼다.

버지니아와의 관계에 대해 걱정하는 해럴드에게 비타는 "그냥 웃어넘기면 되는 일"이었다며 그를 안심시켜 주었다. 버지니아에 대한 사랑은 바이올렛과의 사랑과는 사뭇 다른 것이었다. "그건 일종의 정신적인 것—뭐랄까, 영혼의 사랑, 지적인 사랑이죠. 그리고 버지니아는 부드러운 감정을 불러일으켜요. 내 생각에는 그게 강건함과 예민함—그녀의 굳센 마음과 또다시 미칠지도 모른다는 두려움—이 묘하게 뒤섞여 있기 때문인 것 같아요." 비타는 버지니아의 사랑에 우쭐한 마음이 드는 것 외에도, 자신이 버지니아를 지켜줘야 한다는 느낌이 들었다고 솔직하게 말했다. 무엇보다도 버지니아는 "그녀 안의 육체적 감각을 일깨웠더니 무서워 죽을 것처럼 겁을 먹었어요. 자신의 광기 때문이겠죠. 난 그녀의 광기가 어떤 결과를 가져올지 몰라요. 그리고 당신도 알다시피, 나는 그걸로 불장난치고 싶은 마음이 없어요."

비타가 편지에 쓴 걸 보면, 버지니아는 레너드 말고는 다른 사람과 '동거'해 본 적이 없었으며, 그녀와 함께 살아보려고 했던 건 "끔찍한 실책이었고, 곧바로 포기했다."고 한다. 비타는 현명했다. "더 유혹을 받았더라면 현명하게 굴 수 없었을지도 몰라요. 솔직히 말하면 그랬겠죠! …난 그녀와 잤지만(두 번), 그게 다예요. 전에도 당신에게 이 얘기는 했을 거예요."

이것이 버지니아가 딴 세상 사람같이 연약했기 때문에, 강하고 관능적인 비타가 자신을 억제했다고 후대에 전해지는 이야기이다. 하지만 이 두 여성의 편지에 좀 더 복잡한 이야기가 들어있다는 주장도 가능하다. 적어도 섹스에 관한 이야기만큼은 그들 사이에서 계속 농담거리가 되었던 건 확실하다. 해럴드가 1등 서기관으로 베를린에 부임한 후 1929년에 울프 부부는 그곳의 니컬슨 가족을 방문했는데, 그 만남은 별로였다. 비타는 버지니아가 그 후에 아팠던 이유는 단순히 독감 때문이 아니라 "성적인 흥분이 극도로 억눌린" 때문이라고 잘라 말했다. 친근한 농담에 불과한 것일까? 감정의 포로? 그럴지도.

물론 버지니아는 소설 하나를 끝내고 나면 항상 취약한 상태가 되었고 《등대로》도 예외는 아니었다. 어느 날 새벽 3시에 잠에서 깬 그녀는 자신을 한꺼번에 쓸어가고 있는, 고통스러운 파도를 일기에 묘사했다. 바네사는 가졌으나 자신에게는 없는 아이들에 관한 생각, 작가로서의 (그녀가 본 바와 같이) 실패, 심지어는 초록색 페인트를 고른 자신의 취향을 친구들이 어떻게 비웃었는지도 떠올렸다. "이제 정신 차려야지."라고 그녀는 벼랑 끝에서 물러서며 마음을 다잡았다.

같은 달, 비타는 장편 시 〈전원The Land〉을 발표했다. 아무리 봐도 시대에 뒤처진 사고방식을 보여주는 시로, "우리나라의 한 해", 켄트 지방의 농사 주기, 기계화 이전 세상으로부터의 기술, 무역을 찬양하는 내용이었다. 그들이 사는 세상은 여전히 달랐다.

블룸즈버리를 글룸즈버리Gloomsbury라고 불렀던 버지니아는 비타와 블룸즈버리가 좀 더 가까워지도록 분발하면서, 자신이 어째서 "머리에 핀을 꽂지 않거나, 발에 스타킹을 신지 않으면" 놀에 갈 수 없었는지에 대해 농담을 건넸다. 비타는 해럴드에게 보내는 편지에서, 버지니아와의 대화에서 "내 마음이 마치 숫돌에 갈리는 듯한" 느낌을 받았다고 쓰고 있다. 비타는 또 이렇게 실토하기도 했다. "그렇게 커다란 은빛 물고기를 잡은 것이 꽤 자랑스러웠다." 비타는 집을 떠나 있는 해럴드에게 보내는 편지에 버지니아 이야기를 연달아 쓰는 것이 그를 짜증나게 하지는 않는지 묻기도 한다. 단지 "그녀의 우정이 나를 풍요롭게 하고 그래서… 친구 사이에 그렇게 누군가를 많이 사랑해 본 적이 없다는 생각"이 들어서 그랬을 뿐이라는 말과 함께.

해럴드는 이 관계가 '문란'하게 될까 봐 여전히 걱정이 많았다. "그건 화약고 같은 거야. 우리보다는 버지니아와 레너드가 훨씬 더 걱정되는군." 그는 버지니아의 병이 도질까 봐 두려워했다. 버지니아의 친구들이 자신의 친구들을 따분하게 여길지도 모른다는 우려도 약간은 있었다. "하지만 무엇보다도 내가 우선으로 생각하는 건 당신의 탁월한 천성이 빛을 발하는 걸 보게 되는 게 내 기쁨 중의 하나라는 거야. 그녀와 함께하면서 그녀의 사랑을 받는 것이 당신에게 도덕적으로 정신적으로 도움이 된다는 걸 난 알아. 중요한 건 그것뿐이야." 그는 버지니아에게 아주 너그럽게 편지까지 써서, 자신은 비타가 "매우 자극적이고 대단히 건전한" 영향을 받게 되어 기쁘다고 말했다. 그는 오로지 비타의 삶이 가능한 한 풍요롭고 진지하기를 고대했기 때문에 버지니아는 걱정할 필요가 없었을 것이다. "나는 온갖 병이란 병은 다 꺼려하는 만큼 질투도 싫어합니다."

버지니아도 거의 같은 결론을 내리기에 이르렀다. 그녀의 일기에는 비타가 벨벳 재킷과 실크 셔츠를 입고 바닥에 앉아 있고, 버지니아는 그녀의 진주목걸이를 가지고 노는 모습이 기록되어 있다. 인생에는 많은 좋은 관계를 맺을 여지가 있을 수도 있다. 그녀에게 있어서 비타와의 관계는 활기 있고 믿을 만한 일이었다. 버지니아는 자축했다. "(정신적으로) 천진무구하고 모든 게 좋아진다는 생각이 든다. 레너드에게는 지루하겠지만, 그를 걱정시킬 정도는 아니다."

그러나 그렇듯 빈번하게 버지니아의 일기에까지 그려진 평온한 그림이 전부는 아니었다. 비타는 이제 버지니아에게 편지를 보내면서 그 안에 더 진한 또 다른 편지를 보내고 있었다. 더 내밀한 이야기가 레너드의 눈에 띄지 않게 하기 위해서였다. 그리고 멀리 떨어져 있다고 타박한 사람은 버지니아가 아니라 분명히 더 열정적인 비타였을 것이다. "당나귀 웨스트, 당신은 언젠가는(내가 너무 늙어서) 내게 싫증이 날 거고, 그래서 난 소소한 대비책이라도 마련해야 한다는 거 몰라?"라고 버지니아는 답장을 보냈다. "하지만 당나귀 웨스트가 그 누구보다도 벽을 더 많이 허물었다는 걸 알고 있지." 그리고 그녀는 비타에게도 "말 않고 가슴에 묻어둔",

비타의 인간관계와 글쓰기 양쪽에 영향을 미치는 것이 없었느냐고 물었다. 분명히 양쪽 모두에 불안감이 있었다.

비타는 새해에 다시 페르시아로 출발하면서 버지니아에게 연속으로 미친 듯이 편지를 보냈다. 그녀가 떠나기 전 에버리 스트리트에서: "난 천 갈래로 찢어져 피투성이가 된 기분이에요. 당신을 떠나는 게 얼마나 싫은지 이루 말할 수가 없어요." 추신으로 쓴 글에는 편지를 쓸 때 자신을 허니라고 부르고 계속 사랑해 달라고 애원했다…. 비타로부터 온 전보 한 통, 도버행 기차에서 쓴 편지 한 통("내가 당신을 그렇게 많이 사랑하지 않았으면 좋겠어요. 아니, 그렇지 않아요. 그건 사실이 아니니까.") 하노버 근처 어딘가에서, 기차여행이 지루할 때, 비타는 교차로를 아주 작게 그려 넣은 편지를 쓰면서, 자신은 버지니아를 만났을 때 조악한 소설을 쓰느냐 좋은 시를 쓰느냐의 갈림길에 있었다고 말했다. "내가 글쓰기를 잘해야 당신 마음에 들겠죠. 아닌가요? 그리고 나는 글을 못 쓰는 게 정말 싫어요." 모스크바에서는, 자신이 온갖 사람들과 어울리고 제멋대로 행동해도 그냥 내버려 둔 버지니아가 야속하다는 편지를 보냈다.

버지니아는 편지와 전보를 많이 받는 건 "아주 즐거운 일"이라며, 비타가 그녀를 의기소침하게 만들었다는 내용을 차분하게 전달했다. 그녀는 자신을 "아무 영향력이 없는 사람", 그래서 경기를 더 잘 볼 수 있는 구경꾼이라고 말했다. "여기 나의 동굴에서 나는 당신 명예의 광채가 당신의 타오르는 아름다움을 보이지 않

게 만드는 많은 것들을 보고 있지요." 하지만 2월에, 버지니아는
자신이 "매우 절절하게, 충직한 마음으로" 비타를 원하기 시작했
다고 시인하고, "그 사실이 당신을 기쁘게 해주기를 바란다."고
전했다. 3월에, 그녀는 스스로에게 물었다. "지금 내 스스로를 살
펴본다면 어떤 일이 벌어질까. 대답을 해 봐. 뭘 살펴본다고? 난
이렇게 말하겠지. 절벽이란 단어에 V(체크) 표시."

비타는 테헤란에서 자신이 외교 활동에 얼마나 안 어울리는지
불평하는 편지들을 보냈다. 너무 잦은 먹고 마시는 저녁 파티들,
응대해야 할 요구들, 오래 기다려야 받을 수 있는 우편물, 현지
인 직원들과의 종잡을 수 없는 대화. 하지만 그곳을 떠나기 전에
그녀는 걷거나 노새를 타고 바흐티아리 산맥을 넘어 페르시아만
까지 여행을 했다. 그녀는 이 이야기를 여행기로 만들어《열이틀
Twelve Days》이라는 제목으로 출간한다. 그녀는 "폐허가 된 오두
막에서 잠을 잤던" 경험을 편지에 써서 버지니아에게 보냈다. "석
류나무로 피운 불에 마른 낙타 똥을 땔감으로 사용해서 달걀을
삶는 등, 모든 것이 문명과는 동떨어진 삶이었다."는 것이다. 그녀
는 페르시아의 새벽에 잠에서 깨어나 "버지니아…"라고 혼잣말을
했다는 것, 10월에 둘이 함께 외국에 갈 계획에 관해서도 써 보냈
다. "하루 종일 태양과 카페, 그리고? 밤새도록."

버지니아는 5월 출간 예정인《등대로》를 기다리고 있었다. 책
이 나왔을 때, "아직까지 비타는 칭찬을 하고, 도티는 열광한다;
이름 없는 당나귀 씀." 버지니아는 바네사로부터의 칭찬을 가장

값지게 여겼다. "버지니아는 이 책이 어머니에 대한 경이로운 서술이며… 고인故人을 떠올리는 것이 거의 고통스러운 일이라는 걸 알게 되었다고 말한다." 한 달이 지나자 그녀는 그 책에 대해 "세상에서 보는 보통의 의미에서 내 어떤 책보다 성공에 훨씬 더 가깝다."고 기록할 수 있었다. 곧 다시 자유로워져 "내 마음속 깊은 곳까지 침잠하게 되리라." 6월 29일 울프 부부와 니컬슨 부부는 개기일식을 보기 위해 요크셔 북쪽으로 여행을 했다. 그것은 놀라운 순간이었다고 버지니아는 적었다. "우리는 죽은 세계를 보았다." 하지만《등대로》는 어쩌면 죽은 세계로부터의 부활을 의미하는 것일지도 모르겠다. 그리고 비타도 그 일부였을 것이다.

그 1927년의 7월, 해럴드가 테헤란에서 돌아오자 울프 부부는 롱반의 니컬슨 부부를 방문하여 그 집에 머물렀다. 버지니아는 "그런 호화로움과 자유"라고 일기에 적었다. 은제 기물과 하인들, 활활 타고 있는 난로와 가구들, 책과 비스킷들이 마치 "즐거움이 일렁이는 바다"로 나아갈 때의 느낌과도 같았다. 그래서 적어도 그 주말 동안은 "불안하고 지친 인생에 뜻밖에 탄력이 생겨" 즐겁게 뛰어갈 수 있을 것처럼 보였다.

하지만 그럼에도 불구하고 버지니아는 "많은 노력과 삶이 배어 있는" 자신의 방이 더 좋았다. 그녀는 니컬슨 부부의 미래가 "푸른 밤에 부드러운 황금색 달빛을 받아 잘 무르익을 거라고 생각했다. 그들에게는 우리가 가진 것만 없다. 뭔가 잘 다듬어진 예리함, 값을 매길 수 없는 일종의 독특한 개성, 강렬함, 나는 그것들

"핑크빛으로 물든 뺨, 포도송이 귀걸이와 진주 목걸이. 그것이 그녀의 매력 비결이겠지… 그녀는 정말이지 해수면이 최고조에 달했을 때 돛을 모두 올리고 항해하고 있는 것 같다."

을 저 두 아들, 그리고 세상의 모든 달빛과도 바꾸지 않으리라."

몇 년 전, 버지니아는 비타에게 보내는 편지에서 이렇게 말한 적이 있다. "런던 전체에서, 당신과 나만이 결혼생활을 좋아한다." 그녀가 일기에서 언젠가 말했던 것과 같다. "나는 내 인생의 핵심에 바싹 파고들었다. L.과 함께하는 이 더없는 안락함! 모든 것이 만족스럽고 평온해서 나는 활기를 되찾았고, 완벽하게 면역이 된 느낌으로 산뜻하게 새로 시작했다.""L.은 엄격하다고 볼 수도 있다. 그렇지만 그는 자극을 준다." 다른 날의 일기에는 이런 기록도 보인다. "그와 함께라면 무엇이든 가능해."

몇 년 뒤, 그리고 단지 서로에 대한 그들의 많은 고백들 가운데 하나로, 비타는 해럴드에게 전통적인 관점에서 그들이 서로에게 얼마나 불성실했는지에 대해 편지를 썼지만, 그래도 두 사람은 결국 서로를 더 사랑할 수 있었다. 두 여자는 어느 정도까지는 상대방 남편의 진가를 알고 있었다. 비타는 레너드가 성가신 면은 있어도 "거부할 수 없는 젊음과 매력"을 지녔다고 썼고, 버지니아는 해럴드는 "비타의 짝으로는 어울리지 않지만 순수하고 다정하다… 레너드와 비교하면 심지가 무르다."고 썼다. (해럴드는 정신을 놓았다가도 곧 되돌아온다고, 언젠가 버지니아가 말했다.) 비타와 버지니아라면 상대방이 다른 여자와 관계를 갖는 것에 그만큼 너그럽지 못했을 것이다.

다른 사람과의 연애에 관한 한, 비타는 해럴드와의 결혼생활로보다 버지니아에 대한 사랑으로 더 제약을 받지는 않았다. 비타가 시 〈전원The Land〉으로 호손든상*을 받을 때는 심지어 버지니아가 지켜보는 동안에도 시인 로이Roy Campbell**의 부인 메리 캠벨Mary Garman Campbell과 사랑에 빠져 있었다. 니컬슨 부부가 롱반에 딸린 정원사 부부의 오두막을 빌려 준 사람이 바로 시인 로이였다. (로이는 후에 '지성이 없는 지성인들/그리고 성이 교차하는 섹스 없는 사

---

* Hawthornden Prize, 1919년에 제정된 영국의 권위 있는 문학상.(―옮긴이)
** 강렬하면서도 풍자적인 시풍으로 유명하며, '현대의 바이런'이라 불리기도 했다.(―옮긴이)

람들에 대한 통렬한 시 〈조지아드The Georgiad〉를 지었다.)

그들이 자신들을 위해 만든 게임의 규칙은 이것이 두 사람이 할 수 있는 게임이라는 것을 암시했다. 비타가 자신은 버지니아가 질투하게 만드는 걸 좋아한다고 인정하자, 버지니아는 그녀에게 "돌고래처럼 천방지축 뛰놀 때 조심하지 않으면, 버지니아의 부드러운 틈새에 낚싯바늘이 줄지어 있는 것을 보게 될 것"이라고 경고했다. 그들은 둘 다 다른 숭배자들로부터 온 팬레터로 어떻게 상대방을 질투하게 만드는지 묘사했다. 비타가 "내 말은, 난 우습게 보이지는 않겠다는 거죠."라고 선언하자, 마찬가지로 버지니아도 타협하지 않으려 했다. "난 당신들 두 사람의 소유가 되지는 않을 거야…. 도티(도로시 웰즐리)가 당신 소유라면, 난 아니야." 현실에서의 성적인 자유는 아무래도 비타의 편이었다. 하지만 버지니아는 새로운 무기를 손에 쥐고 있었다. 그 무기는 비타를 찬양하고 위무할 때라도 그녀를 통제할 수 있는 수단이 될 수 있었다.

05

⋮ 1926~1930 ⋮

1927년 10월 9일 버지니아는 비타에게 편지를 썼다. 전날 그녀는 절망감에 빠져서 한 단어도 뽑아낼 수 없었다. 펜을 잉크에 적시고 마치 펜이 저절로 움직이는 것처럼 다음과 같이 적기 전까지는 말이다. '올랜도: 전기.'

"그런데, 들어봐. 올랜도가 비타라고 가정해보는 거야. 그리고 그 책은 모두 당신, 그리고 당신 육체의 욕망, 당신 마음의 유혹에 대한 이야기야… 괜찮겠어? 대답해 줘. 그러면 그렇다고, 아니면 아니라고." 거기에는 단 하나의 답만 가능했다. 비타는 전율을 느끼고 겁에 질리기도 했지만, 한편 무척 재미있었다고 말했다. 비타의 아들 나이절 니컬슨은 버지니아의 《올랜도》를 "문학적으로 가장 길고 매력적인 러브 레터"라고 평했다.

샐리 포터의 1992년 영화 〈올랜도〉는 틸다 스윈턴을 동명의 남자 주인공으로 캐스팅했다. 비타를 그 캐릭터에 그대로 가져왔던 버지니아는 비타가 엘크하운드 무리를 거느리고 대대로 물려받은 숲속을 거니는 모습을 그렸다.

그 책은 엘리자베스 시대에 태어나 대저택을 물려받은 한 젊은 귀족의 운명을 다룬다. 기적과도 같이 올랜도는 삼백 년 이상을 살게 되고, 그래서 이 이야기는 그 책이 출판되는 바로 그날, 1928년 10월 11일에야 끝난다. 당시 올랜도는 아직도 겨우 서른여섯(비타의 나이)이고 비타가 좋아하는 것들을 똑같이 좋아한다. 시 쓰기, 나무, 살루키(saluki, 그레이하운드와 비슷한 사냥개—옮긴이), 스패니얼, 엘크하운드, 색빌 가문 투구의 표범 문장, 진주와 스페인산 레드 와인.

그러나 《올랜도》에서 진정한 반전은, 긴 잠에 빠져 있는 상태에서 이 귀족이 신분, 즉 상속자의 지위를 잃지 않고 여자로 바뀐다는 사실일 것이다. 소설에서 (그리고 비타는 평생 동안 본인의 소설에서 자신의 정체성을 탐구했다) 버지니아는 법이 비타에게 허용하지 않는 것, 즉 비타가 사랑하는 놀의 소유권을 그녀에게 돌려준다.

사실은 버지니아가 비타에게 편지를 쓰기 며칠 전에 자신의 일기에서 밝힌 내용이 있다. 자신이 "1500년에 시작해서 오늘날까지 이어지는 '올랜도'라는 제목의: 성별만 바뀐 비타라는 이름의 전기"를 계획하고 있다고. 버지니아는 글을 쓰기 시작할 때 비타를 새로운 방식으로 연구할 필요가 있었다. "지금 당신의 치아, 그리고 당신의 성격은 어떤지. 지금도 밤에 이를 가는지? 지금도 고통을 주는 걸 좋아하는지?" 올랜도는 "뺨이 복숭아털 같은 솜털로 덮여 있었다". 버지니아는 비타의 얼굴에 난 솜털을 벨벳과도 같은 촉감의 식물에 비유했다. 올랜도의 다리는 길고 아름다웠

비타가 그렇게 좋아했던 놀은 올랜도가 사랑했던 '우리 조상들의 대저택'의 모델이 되었다.

다. 버지니아는 "호리호리한 기둥처럼 몸에서 뻗어내린" 그 눈부신 다리로 비타가 성큼성큼 걷는다는 구절을 되풀이해서 읊었다.

비타가 놀을 사랑했던 것처럼, 올랜도는 그의 대저택과 사랑에 빠졌다. "너른 뜰과 건물들, 회색, 붉은색, 자둣빛 색채들", 교회와 종탑, 삼나무숲과 잔디밭, 어디를 둘러봐도 질서정연하며 "고귀하고 인간적인 곳". 버지니아는 책에서 그곳을 이렇게 묘사한다.

어쩌면 찰스 2세가 올랜도를 콘스탄티노플 대사로 보냈을 때 그가 집시들과 어울려 돌아다니며 "코를 찌르는 길거리의 냄새"에 코를 찡긋거리는 모습조차도 비타가 외교관 아내에게 뒤따르는 무료함을 동양의 매력으로 달랠 때 했던 페르시아의 신기한

체험을 떠올렸을 것이다. 비타의 옛 연인들 몇몇도 이 책에 등장한다. 바이올렛 트레퓨시스는 야성적인 러시아 미녀 사샤로 나오고, 라셀스 경은 바보 같은 웃음을 흘리는 대공비 해리엇(혹은 대공해리)으로 나온다. 해럴드를 모델로 한 인물 역시 모습을 보이는데, 마마듀크 본스롭 셸머딘이라는 탐험가로 실제보다 돋보이게 등장한다. 그는 올랜도가 남자처럼 "관대하고 자유분방한" 여자인 것처럼, 남자이면서도 여자 같은 "정체불명의 미묘한" 남자이다.

10월이 끝나갈 무렵 버지니아의 일기를 보면 그녀는 문장을 만들고 장면을 구상하면서 "나 자신이 보기에도 완전히 무아지경에 빠져" 있었다. 연말에 그녀는 작업의 진도가 생각했던 것만큼 속도가 나지 않는다는 것을 깨달았지만 여전히 소설의 분위기와 문체에 대해 처음의 생각을 고수했다. "웃음 반, 진담 반: 과장을 대단히 심하게 곁들일 것." 그녀는 책에 필요한 내용을 조사하기 위해 비타와 함께 놀에 갔다.

하지만 놀 자체는 변화를 겪고 있었다. 비타가 줄곧 두려워했던 변화였고, 그녀에게 여성의 불리함을 절실히 깨닫게한 변화였다. 1928년 1월 그녀의 아버지는 죽음을 앞두고 있었다. 작위 수여 및 부동산 상속 관련 법률에 따르면, 여성인 비타는 아버지의 뒤를 이을 수 없었다. 그 사실은 그녀가 지나온 어린 시절에 어두운 그림자를 드리웠다. 20여 년의 세월이 흐른 뒤에도 여전히 비타는 자신이 아버지의 아들로 태어나지 못한 것이 한스럽다고 해럴드에게 푸념하곤 했다. 색빌의 3대 남작인 비타의 아버지 라이어널이 고통으로 신음하며 서서히 저세상으로 향하고 있을 때, 비타는 라이어널의 오랜 연인 올리브 루벤스와 함께 라이어널을 간호했다. 하지만 그 일로 비타는 어머니이자 라이어널의 별거 중인 아내인 빅토리아와 더 멀어지게 되었다. 그때부터 비타(vita는 '생명'이라는 의미)는 어머니가 자신을 '비파Vipa'라는 이름으로 고쳐 부른다는 사실을 가슴에 품고 살아가야 했다.

버지니아는 끊임없이 힘이 되어 주는 존재였다. 비타는 클라이브 벨에게 버지니아가 대단히 고결한 심성을 지닌 사람이라는 걸 알게 되었다고 말했다. "지금까지 그녀가 내게 한결같이 보여 준 따뜻한 마음을 결코 잊지 못할 거예요." 1928년 1월 28일, 비타에게 놀 하우스에 대해 논쟁할 수 있는 여지조차 남겨 두지 않은 채 라이어널은 눈을 감았고, 그 대저택은 불과 며칠 후 4대 색빌 남작의 자리를 승계한, 비타와 별로 가깝지 않은 삼촌에게 넘어갔다. 그녀는 나중에 아들인 벤에게 그때의 며칠이 "내 인생의 전환점이었다."고 여러 차례 이야기했다. 버지니아는 늙은 말들이 라이어널의 운구 마차를 끌고 놀에서 위디엄Withyham 교구의 가족 묘지를 향해 출발하고, 뒤이어 비타도 그곳을 떠날 때, 그녀가 자신도 이제 영원히 떠난다고 말했다고, 동정어린 시선으로 당시를 기록했다. 오직 《올랜도》만이 비타의 놀 저택의 미래, 그리고 그 과거를 되찾을 수 있었다.

그런데 어쩌면 《올랜도》는 버지니아의 입장에서 비타를 찬양하는 방법이자, 비타를 제어하는 수단이기도 했을 것이다. 비타가

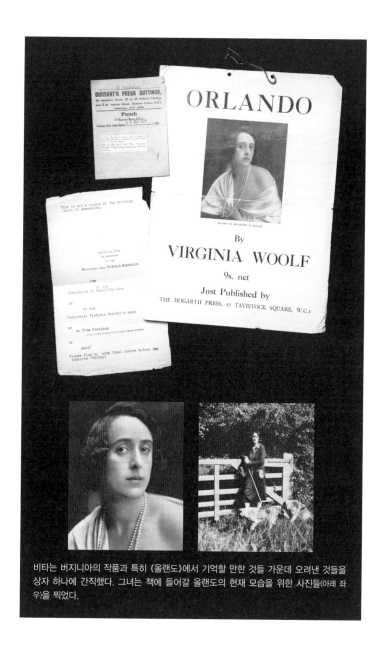

비타는 버지니아의 작품과 특히 《올랜도》에서 기억할 만한 것들 가운데 오려낸 것들을 상자 하나에 간직했다. 그녀는 책에 들어갈 올랜도의 현재 모습을 위한 사진들(아래 좌우)을 찍었다.

자신의 방식대로 두 사람의 사랑을 다시 쓴다면, 둘의 성향이 매우 다르다는 사실을 고려할 때, 버지니아보다는 더 오만하게 일을 벌였을 것이다.

그들이 책에 관해 이야기할 때 오간 격한 말들을 보면 그랬을 가능성이 농후하다. 3월 20일, 버지니아가 비타에게 편지를 썼다. "지난 토요일 1시 5분 전에 목이 부러질 듯 누가 확 잡아채는 느낌이 들었지? 그때 그(올랜도)가 죽었어." 비타에 대한 자신의 감정이 이제 어떻게 바뀔 것인가를 생각하다 분명 비타가 두려워했을법한 바를 버지니아가 말해 버린 것이다. "난 요즘 몇 달 내내 당신 속에서 살았어. 이제 나왔는데, 당신은 정말 어떤 사람이야? 당신 존재하는 거야? 내가 만들어 낸 건가?" 비타는 "두려웠다." 며, 자신은 늘 이런 위험한 순간이 올 것을 예견했다고 답장을 썼다. "난 가공의 인물이 되지는 않겠어요. 신령스러운 존재로 사랑을 받거나 버지니아의 세계에서만 사랑받는 것도 싫어요."

소설로는 절대 지어낼 수 없는 이야기들이 있다. 비타의 어머니는 별거한 남편 라이어널의 재산에서 자기 몫을 받지 못할 것이라고 확신하고는 점차 편집증이 심해져 갔다. 4월에 비타가 가족 변호사들과 회합을 하는 중에 그녀의 어머니가 뜻밖에 나타나, 자기가 예전에 비타에게 준 보석을 모두 돌려달라고 언성을 높였다.

버지니아가 분개하며 남긴 기록을 보면, 비타는 어머니의 차가 세워져 있던 차도에 선 채 목에 걸었던 진주 목걸이를 잡아 뜯어 둘로 나누고는, 12알의 진주를 그녀의 어머니에게 건넸다. "도둑,

《올랜도》를 집필하는 동안 놀에 있는 비타와 비타의 아들들을 방문한 버지니아. 그녀는 그 저택의 과거가 다시 살아난 듯한 모습을 보고 다시금 감동을 받았다.

거짓말쟁이, 네가 버스에 치여 죽었으면 좋겠어. 천하의 '색빌 부인'이 비서와 변호사와 운전사가 모두 듣고 있는 자리에서 화를 못 이겨 몸을 떨면서 이렇게 비타에게 소리를 질렀다. 그 여자가 미쳤다고들 했다."

화가 난 비타는 버지니아를 동물원으로 데리고 가서 자신만의 재산을 모아야겠다고 말했다. 하지만 그 상처가 아물기까지는 오랜 시간이 걸렸다. 아마도 소설 속에서 올랜도가 집시들과 여행을 하면서 여비를 대기 위해 목걸이에서 진주들을 떼어내는 대목을 읽으면서 비타는 아픔을 덜었을 것이다.

그해 여름, 그녀는 롱반에 있는 비타와 해럴드를 여러 번 찾아가《올랜도》의 초판 삽화로 들어갈 사진들 가운데 마지막 사진을 부탁했다(비타와 버지니아는 귀를 뚫을 때도 역시 함께 갔다). 올랜도의 어린 시절 모습은 놀의 벽에 걸려 있는 초상화에서 따왔다. 사샤의 대역 사진 모델은 버지니아의 조카딸 안젤리카로, 이국적인 의상을 입고 있었다. 그런데 이제 여자로 몸이 바뀐 올랜도, 콘스탄티노플에서 영국으로 돌아와 화가 렐리(Sir Peter Lely, 17세기 영국 왕실의 수석화가—옮긴이)의 초상화 모델로 선 올랜도의 사진 모델은 비타 자신이었다. 비타의 말에 따르면 평소의 그녀가 입는 옷과는 달리 불편하게 늘어지는 옷을 차려입고, 그녀 특유의 진주 목걸이를 걸고 사진을 찍었다고 했다. 비타는 빅토리아 시대의 올랜도를 표현하기 위해 다른 의상을 입고 또 사진을 찍었다. 하지만 '현재의 올랜도'는 시골 별장의 문간에 기대어 그녀가 사랑하는 개들의 목줄을 쥐고 있는, 매일 볼 수 있던 비타였다.

그 책의 내용은 출간 때까지 비타에게는 비밀이었다. 사실 비타 자신도 때때로 가족들에게 자신의 근황을 알리지 않았기에, 그런 일은 그녀에게 생소하지 않았다. 두 여성이 그해 가을 프랑스에 휴가를 가기로 뜻을 모았을 때, 유동적이었던 그들 사이의 역학관계에《올랜도》가 추동력을 제공하게 되리라는 것을 두 사람은 알고 있었다. 8월에 비타는 버지니아에게 편지를 썼다. 책이 나오는 날인 10월 11일이 "우리의 로맨스가 끝나는 날이라면, 우리에게 남겨진 짧은 시간을 최대한 멋지게 보내는 것이 좋겠다."
는 내용이었다. 버지니아는 일기에 "비타와 단둘이 7일이라는 사
실에 겁이 났다. 흥미롭다. 들뜨면서도 두렵다. 그녀가 나의 진면
목을 알게 될 수도 있고, 내가 그녀의 진면목을 발견할지도 모른
다."고 적었다. 나중에 그녀는 그들이 …하지 않았다고 일기에 썼
다. 이제 그들은 이미 정서적으로 더 안전한 지점에 와 있었던 것
일까, 아니면 《올랜도》가 앞으로 다가올 시간에 둘이 함께하는 새
로운 모험으로 이끌었을까?

버지니아는 비타에게 특별히 제본한 그 책의 헌정본을 보냈을
뿐만 아니라 원고도 건네주었다. 8월 11일, 비타는 그 책을 절반
쯤 읽어 가던 중 기쁨과 혼란의 폭풍 속에서 해럴드에게 편지를
썼다. "난 흥분해서 밤새 거의 잠을 못 잤어요. 일어나 보니 마치
오늘이 내 생일이나 결혼식, 아니면 뭔가 특별한 날인 듯한 느낌
이에요." 비타는 해럴드에게 어쩐지 "놀은 《올랜도》에 대해 알고
있고, 기뻐하고 있다."는 느낌이 들었다고 썼다.

같은 날 그녀는 버지니아에게도 편지를 썼다. "마법에라도 걸린
듯, 세상이 온통 눈부시고 황홀하고 기쁨이 넘쳐요. 내가 읽어본
책들 가운데 가장 아름답고, 사려 깊고, 풍부한 감성을 지닌 책인
것 같아요…." 해럴드도 그 책에 매우 열정적인 반응을 보였다.

그해 여름 롱반을 "상당히 즐겁게" 방문한 뒤에 버지니아는 일
기에 적었다. "우정이 깊이를 더해가니 그 마음의 갈피를 알고 싶
다는 호기심이 동한다. 어찌해서 사람은 무의식중에 다른 용어에

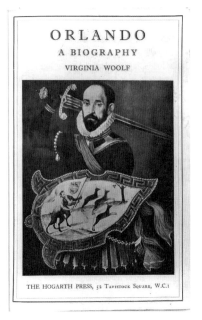

비타의 아들인 나이절 니컬슨은 버지니아의 《올랜도》를 '문학적으로 가장 길고 매력적인 러브 레터'라고 불렀다.

적응하는 것일까. 어찌해서 더 느긋한 기분이 드는 걸까. 어찌해서 옷이나 다른 것에 전혀 신경 쓰지 않을까. 어찌해서 흥분의 분위기란 것 역시 곧 사라질 '거품'이라는 결점이 있다는 것을 거의 느끼지 못하며, 오히려 더 분별 있고 더 깊이가 있을지도 모른다고 느끼는 걸까."

두 사람 모두 그 책의 이면에 숨겨져 있는 함의를 분명히 알고 있었다. 비타를 위해 버지니아는 《올랜도》에서 놀의 소유권을 되찾아주었다. 하지만 그녀 또한 비타에 대한 자신의 소유권을 다시금 드러내어 밝히는 것일까? 그들의 관계는 줄곧 앞으로 나아가고 있었다. 그에 대해 언젠가 비타는 우정을 형성하는 데 있어서 어떻게 여성이 남성보다 더 많이 준비하는가에 대한 글을 쓴 적이 있다. 그때 변화가 있었지만, 희망도 있었다. 비타가 버지니아에게 말했듯, "풍경이 모두 다르게 보이는 것 같아요, 내가 어떤 식으로 보느냐에 따라서."

＊＊＊

다른 풍경들이 버지니아에게도 보이기 시작했다. 《올랜도》가 출간되고 몇 주 지나서 그녀는 두 차례(한번은 레너드와, 한번은 비타와 함께)에 걸쳐 '여성과 소설'이라는 주제로 강연을 하기 위해 케임브리지대학에 갔다. 모두가 학교 선생이 될 예정인 케임브리지 거턴칼리지Girton College의 '굶주렸지만 용기 있는' 젊은 여성들에게 들려준 강연은 비타도 함께 들었다. 거턴칼리지에서의 강연 후에 버지니아는 "난 그들에게 와인을 마시고 자기만의 방을 가지라고 담담하게 말했다."고 기록했다.

'자신만의 방'이라는 바로 그 문구가 페미니즘의 연대기로 가는 길을 열었다. 하지만 그것은 생생하게 그리고 이따금 가상의 소설적인 기법으로 쓴 얇은 책으로, 거기서 버지니아는 소설을 쓰기 위해서 여성은 한 해 500파운드(즉, 적절한 개인 수입)와 자기만의 방을 가져야 한다는 견해를 펼친다. 그 책은 내레이터(해설자)가 버지니아의 옥스브리지Oxbridge college* 방문을 묘사하는 것으로 이야기를 시작한다. 그곳에서 그녀는 여성이라는 이유로 도서관 입장을 거부당한다. 게다가 남자 대학에 온 손님이라고 푸짐한 점심을 대접받는데, 이는 여자 대학에서 제공하는 소박한 음식과 대조를 이룬다. 그녀는 거턴에서 돌아와 일기에 대고 물었다. "어찌하여 인생의 모든 호사와 사치는 남성인 줄리언이나 프랜시스들에게만 넘쳐나는가?"

이 물음에서 출발해 버지니아는 그녀의 문학과 그녀의 삶을 들여다볼 수 있게 해주는 여러 가지 의문으로 옮겨갔다. 여성 작가는 '집안의 천사'라는 교활한 속삭임을 어떻게 피할 수 있었는가. 어떻게 해서 여성이 지금까지 수 세기 동안 해온 일이 고작 거울 노릇을 하면서 "남성의 모습을 실제 크기의 두 배로 확대해서 비추는 것이란 말인가?" 여성들, 혹은 여성이 그렇게도 문학작품에 많이 등장하는데, 역사에는 어쩌면 그리도 자취가 없는지? 셰익스피어에게 누이**가 있었다면 어떤 영향력이 그 누이로 하여금 희곡을 쓰지 못하게 막았을까?

1928년에 버지니아는 연설을 계속했다. 영국 여성들은 남성과 똑같은 투표권을 얻었다(10년 전에 얻은 부분 참정권과는 대조적으로).

---

* 버지니아 울프는 옥스퍼드 대학과 케임브리지 대학을 혼합하여 '옥스브리지'라는 명칭을 사용하는데, 이 말은 《자기만의 방》을 통해 유명해졌다.(―옮긴이)
** 버지니아 울프는 《자기만의 방》에서 역사 속의 여성 예술가들의 초상은 '죽거나 미치거나'의 둘 중 하나였음을 밝히기 위해 "셰익스피어에게 놀랄 만한 재능을 가진 누이, 이를테면 주디스라 불리는 누이가 있었다면"이라는 은유를 사용했다. 그 가상의 누이는 런던의 앨리펀트 앤 캐슬Elepahnt & Castle 역 건너편 버스 정류장에 묻혀 있다는 설정이다.(―옮긴이)

창밖을 응시하고 있는 버지니아. 1930년대 초 덩컨 그랜트가 촬영했다.

그해에 마거리트 래드클리프 홀Marguerite Radclyffe Hall의 레즈비언 소설《고독의 우물The Well of Loneliness》이 외설 시비로 재판에 넘어가 유죄 판결을 받았다. 버지니아와 비타 모두 무척 관심을 가진 사건이었다. 하지만 이런 분위기 속에서 버지니아는 "클로이는 올리비아를 좋아한다Chloe likes Olivia"라는 문장을 떠올리고, 어떻게 좋아하는지를 탐구할 수 있는 새 소설의 구상을 다지고 있었다. "나는 페미니스트라고 공격받고, 어쩌면 새피스트(Sapphist, 사포주의자/동성연애자—옮긴이)라는 의심을 받을 것이다." 《자기만의 방》이 나오기 전에 그녀는 이렇게 예견했다.

비타는 버지니아가 "철저한 페미니스트가 되기에는 너무 분별력이 있다."는 의견을 내놨다. 하지만 그 책에 담긴 몇몇 생각들은 비타에 의해 확실하게 입증되었다. 버지니아의 표현대로, 모든 인간은 "한쪽 성에서 다른 쪽 성으로 왔다 갔다 한다." 물론 《올랜도》에서 그랬다. 그녀는 "남자나 여자가 순전히 한쪽 성만 지니는 건 치명적인 사태를 초래"한다고 믿었다. 그러기에 사람은 남성스러운 여자, 여성스러운 남자가 있어야만 한다는 것이다. 인류의 대를 잇기 위한 창조의 기술은 협업을 염두에 두어야 하므로, 여성들과 남성들 중 일부는 이성과 결혼을 해야만 한다는 것이다.

비타와 해럴드는 동일한 주제를 두고 공개적으로 이야기하고 있었다. 해럴드는 외교관직에서 사임하기 직전이었다. 베를린에서 근무하는 해럴드를 방문했던 비타가 외교관 생활에 대해 극도로 혐오하는 것을 보고, 해럴드는 자신의 직업과 결혼생활이 양립할 수 없다는 것을 확신했다. 1929년 6월, '결혼'을 주제로 한 라디오 방송에 공동 출연한 니컬슨 부부는 결혼이란 살아있는 유기체, 즉 "붙박이장 같은 가구가 아니라 하나의 식물"이라는 것에 동의했다. 해럴드는 도발적이면서도 농담이 섞인 어조로 "가장 남성적인 여성이 가장 여성적인 남성보다 훨씬 더 여성적"이라고 주장했다. "어머니로서의 기쁨"은 경력의 단절을 충분히 보상한다는 해럴드의 의견에 비타는 결단코 동의하지 않았다. 왜 "기회를 의무에 양보하는 사람"은 항상 여자여야 하는가? 비타가 그 당시 BBC의 토크쇼 감독인 힐다 매터슨Hilda Matheson과 바람을 피우고 있었던 만큼, 그들 부부가 다룬 주제는 더욱 아이러니했다.

힐다는 비타와 버지니아 사이에 있었던 말다툼의 근원이었다. 그 방송이 나간 지 두 달 후, 버지니아는 일기에서 힐다와 함께 외국으로 떠나면서도 마지막 순간까지 자신에게 말하지 않은 비타에게 화가 났다는 사실을 시인했다. "오, 맙소사! 그래도 재미가 절반은 되는군. 왜 내가 신경을 쓰지? 내가 무슨 상관이야? 얼마나 내가 신경을 써야 하는 거지?" 재미 반, 까칠함 반. "그녀에게 발끈 화를 내고 비난하는 게 마땅해."

"나는 짜증나도록 지적인 체하는 속물 부류"라고 스스로를 평하는 버지니아이지만, "진지하고 야심만만한, 유능하지만 목석같은 얼굴"의 힐다와는 어떤 식으로든 엮이기가 싫었다. 힐다와 도로시 웰즐리 같은 여자들이 비타를 감싸고 있는 소위 'B급 여학생 분위기'도 혐오했다. 비타가 있는 켄트주 월드Weald of Kent 지척의 스몰하이드 플레이스Smallhythe Place에 사는 엘렌 테리의 딸 에디 그레이그를 포함한 비타의 레즈비언 친구들 3인방이 강 건너 불구경하듯 이 일을 지켜보며 즐기는 듯해서 버지니아는 마음이 뒤숭숭했다.

해럴드가 집으로 돌아오면 두 여성의 관계는 밀도가 떨어질 수밖에 없었다. 이와 같은 사정으로 1930년 7월 버지니아는 비타가

작곡가이자 여성참정권운동가였던 에설 스미스 부인은 버지니아를 로맨틱한 감정으로 숭배했다. 그녀는 버지니아를 알게 된 것을 브람스 음악을 처음 들었을 때의 전율에 비유했다.

새로 사들인 들판을 오래도록 산책했던 롱반에서의 하룻밤을 뒤로하고 집으로 돌아가는 중이었다. 그러다 문득 "L(레너드)이 기다리는 집으로 돌아가려니 온 마음과 몸이 울렁거린다."는 걸 깨달았다. "아마 나보다 더 행복한 여자는 없을 거야…. 나의 결혼생활은 지루하지 않았어, 전혀."

그해에 버지니아는 자신의 삶에 새로운 변화를 줄 인물인 작곡가(그리고 정치가, 여성참정권운동가) 에설 스미스Dame Ethel Smyth 부인을 만났다. 버지니아가 본 에설의 첫인상은 "화끈한, 군인 스타일의 나이든 여인"으로 "다소 따분해하는 표정에, 손대기 어렵고 퉁명스러웠지만" 분별력이 있었다. 로맨스 상대자가 대부분 여성이었던 에설은 버지니아에 대한 자신의 감정을 조금도 숨기지 않았다. 버지니아는 에설로부터 하루에 두 통의 편지를 받았다고 흐뭇한 듯 적고 있다. "장담하건대 여성 동성애의 오래된 불이 마지막으로 타오르고 있다." 스미스는 그때 70대였다. "그런데 이걸 어쩌나. 난 에설을 사랑하지 않아." 버지니아는 가끔 에설 때문에 짜증이 나기도 했지만, 그래도 에설이 전적으로 허락해준 대로 에설의 우정을 이용할 준비가 되어 있었다. "간밤에 내 옆 바닥에 앉아 있던 비타는 에설에 대한 질투로 꽤나 속을 끓였다. 그녀는 에설을 극구 칭찬했는데, 말에는 가시가 박혀 있었다."

비타는 그즈음 어머니와 그런대로 화해하고, 1930년 초에는 비타의 어머니가 그 유명한 진주 목걸이를 비타에게 다시 돌려주기까지 했다. 그해 비타는 여러모로 자신의 가족에 대한 소설로 보이는《에드워드 7세 시대 사람들》을 펴냈다. 소설의 무대인 시골 대저택 '셰브론Chevron'은 놀 하우스라는 것을 쉽게 알 수 있고, 에드워드 7세 시대 상류층의 일상은 놀에 살았던 사람에게는 친숙한 일과였다. 비타가 버지니아에게 보내는 편지에 썼듯 낭비와 사치, 그리고 "만찬이 끝날 무렵 졸음에 겨운 하녀들이 복도에서 기다리는 모습"들이 바로 그것이다. "이 책에 등장하는 인물들 중 전적으로 허구인 사람은 아무도 없다."고 비타는 작가의 말에서 밝혔다. 그것은 비타의 과거와의 작별이 아니었고, 놀은 그리 쉽게 잊을 곳이 아니었다. 아마도 (재회를 기약하고 헤어지는) 오 르부아르(au revoir: 안녕)였을 것이다.

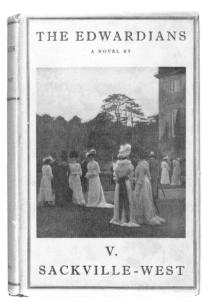

소설 《에드워드 7세 시대 사람들》은 《올랜도》에 대한 농담조의 화답으로 시작한다. 그러나 결국 비타는 위대한 에드워드 풍 시골 대저택 생활을 칭송했다.

그 책 역시 베스트셀러였다. 버지니아는 어린 시절 세인트아이브스 어촌 마을에서 낚시하던 기억을 떠올리며, 그 책의 발행인인 자신과 레너드가 "그물에서 나온 정어리들"처럼 돈을 쓸어 담고 있다고 했다. 《올랜도》 또한 금전적인 성공을 거두었다. 1929년 6월 버지니아는 지난 반 년 동안 거의 장관의 봉급인 1800파운드를 벌었다고 적어 뒀다. 두 해 전에 그녀는 200파운드를 벌기 위해 아등바등했었다. 버지니아의 명성이 갈수록 높아가고, 그녀의 존재가 대중에게 알려지자 강연 요청들이 들어 왔다. 그런데 3월의 어느 날 버지니아는 일기에 이렇게 쓴다. "몇 달 내로 수녀원에 들어갈 예정이다. 그리고 내 마음속으로 나를 내려놓을 테다. 블룸즈버리는 끝이다. 나는 어떤 일들을 받아들이려고 한다. 모험과 공격의 시간이 될 것이며, 좀 외롭고 고통스러우리라는 생각이 든다."

버지니아는 "어떤 힘든 모험을 앞둔" 느낌이라고 적었다. 비타가 중요한 역할을 한 건 아닐까? 그들은 계속해서 정기적으로 만났다. 런던에서의 짧은 여행으로 런던탑과 런던동물원을 가거나, "혹은 가게에서 머핀 먹기"를 했다. 그런데 비타 역시도 자기만의 모험을 시작하고 있었다. 친구로부터 자신을 갈라놓을 모험이었다. 버지니아와는 달리, 부수적인 보조자로 해럴드가 중요한 역할을 하게 된다.

시싱허스트

1920년대에서 30년대로 넘어가는 여름에 적잖이 중요한 사건이 발생했는데, 니컬슨 부부에게 날아온 반갑잖은 지역 소식이었다. 동네 양계 농부들이 니컬슨 부부의 정원이 내려다보이는 곳에 양계장과 농가 가옥을 세울 심산으로 롱반에 인접한 농장을 사들이고 있다는 것이다. 향후 개발이라는 관점에서 이사 가기를 더 주저했던 사람은 아이러니컬하게도 비타였다. 그러나 뜻밖의 발견으로 마음을 바꾼 그녀는 1930년 4월 4일 해럴드에게 전화를 걸어 "이상적인 집"을 발견했다고 말했다. 시싱허스트 캐슬이 지난 2년 동안 매물로 나와 있었는데, 전혀 놀라운 일도 아닌 것이 한때 위대했던 엘리자베스 시대의 저택이 잔해만 남아있었기 때문이다.

방치된 오두막 두 채, 아치로 된 출입문, 농장 건물들과 원래의 가장자리 장식물들이 다 떨어져 나간 벽돌탑 하나. 그 탑은 마치 동화에서 튀어나온 것 같았다. 비타가 하늘을 가리키며 말했던 표현에 의하면, "매혹적인 장밋빛 분수 같았다." 비타가 원했던 건 오직 책이 가득한 탑에서 혼자 사는 거였다고 그녀의 어머니가 오래전에 말했었다. 이제 비타는 꿈을 현실로 만들 수 있었다.

이 과수원은 봄꽃의 알뿌리들을 과일나무 아래에 심고, 옛집의 잔해들은 풀밭 아래에 묻어 자연 상태의 황무지처럼 보이고자 했다.

나이절 니컬슨이 아버지 해럴드를 기리기 위해 지은 해자 건너의 정자.

"예쁜 핑크색 벽돌; 하지만 놀 하우스보다는 전망이 썩 좋지 않음, 마굿간은 건질 만함." 버지니아가 2년 후에 그 탑을 보았을 때 냉정하게 기록했던 내용이다. 하지만 그 집에 대한 비타의 반응에서 냉정이라곤 찾아볼 수 없었다. 그녀는 "사랑에 푹" 빠져버렸다.

하지만 비타를 따라왔던 열세 살 난 아들 나이절은 기겁을 했다. 그는 "살 만한 방이 하나도 없는데" 우리는 어디서 지낼 거냐고 물었다. 물도 전기도 없고 지붕은 내려앉은 상태였다. 부서진 벽돌들의 틈으로 흘러내린 빗물 자국, 프레임만 남은 구식 침대 더미, 정어리 통조림 깡통들, 양배추 고갱이들. 나이절은 비타가 자신을 향해 돌아보며 하는 말에 어이가 없었다. "우리는 여기서라면 무척 행복할 거야." 비타는 그들이 이곳을 "대단히 아름다운 곳"으로 만들 수 있다고 생각했다.

엘리자베스 시대 대저택의 잔재에서 비타는 놀 하우스의 환영을 보았다. 시싱허스트 캐슬은 중세 건축양식을 차용해서 매우 화려한 튜더 양식으로 지은 세 개의 큰 건물이 있는 저택으로 커다란 정원이 사방을 에워싸고 있으며, 1573년에 엘리자베스 1세 여왕의 행차 때 여왕과 그 수행원들이 머물기에 부족함이 없을 만큼 웅장했다. 그 시절은 아주 오래전이었지만, 어쩌면 비타가 당시 눈으로 본 시싱허스트의 폐허가 그녀에게 본능적인 매력을 느끼게 했을지도 모른다. "여기는 '잠자는 숲속의 미녀의 성'이었지. 그런데 성은 지저분하고 남루한 곳이 되어버렸고, 정원은 살려달라고 아우성치고 있어."

비타는 놀 하우스가 새로운 주인을 맞을 때마다 훼손되고 깨지고 파괴되는 것을 보았다. 비록 버지니아가 놀의 영혼을 되돌려주기는 했지만, 놀의 물리적인 존재는 비타에게 없어졌다. 그러나 시싱허스트는 달랐다. 시싱허스트는 비타가 구해낼 수 있었다.

꽃의 계절인 봄에 차를 몰고 영국의 곡창지대(Garden of England 켄트주, 워체스터셔주 등—옮긴이)로 불리는 곳을 지나며 비타는 자신이 경외하는 영국이 사라져 가는 모습을 보았고 그것을 〈전원The Land〉에 그렸다. 이제 비타는 과거와 이어지는 또 다른 연결고리를 발견했다. 16세기 중엽에, 시싱허스트는 새로이 떠오르던 인물

시싱허스트의 매력 가운데 하나인 켄트의 삼림지대 너머로 보이는 아름다운 전망.

인 존 베이커의 소유였다. 그의 딸 세실리는 엘리자베스 1세로부터 놀을 하사받은 도싯의 초대 백작 토머스 색빌과 결혼했다.

그로 인해 그 폐허의 시싱허스트는 비타에게 마치 가족의 집처럼 느껴졌다. 그리고 그 집은 비타 가족의 돈으로 산 것이어서, 해럴드는 결코 법적으로 그 재산의 지분을 주장할 수 없었다. 결국 탑 위에서 나부끼는 깃발에는 비타의 가문 문장이 새겨지고, 정원 도구들에까지도 모두 'V. S-W'가 찍히게 되었다. 비타는 아들 벤에게 뿌리는 자신의 집에서 발견된 것이 무엇보다 가장 깊고, 따라서 이곳은 그녀의 뿌리가 뻗을 수 있는 곳이 되리라고 말했다.

해럴드는 시싱허스트의 매입을 반대하지는 않았으나, 그래도 뒷감당할 일이 벅차게 느껴져 위축되었다. 비타와 나이절이 그곳을 돌아본 다음 날, 해럴드는 맏아들 벤과 함께 내려갔다. "객관적으로 차분하게 살펴봤는데 맘에 들더군." 몇 주 후 여전히 이 문제를 논의하고 있는 가운데, 해럴드가 비타에게 편지를 썼다. "a) 우리가 시싱허스트를 매입하는 것은 매우 현명하지 못하다." 매입비로 1만 2000파운드 이상 들고, 추가로 보수 비용이 족히 1만 5000파운드가 나갈 텐데, 그 돈이면 수리가 끝난 멋진 매물을 살 수 있을 것이다. "b) 우리가 시싱허스트를 매입하는 것은 매우 현명하다." 그러면서 그는 비타의 마음에 쏙 들 것이 틀림없을 말을 추가했다. "그곳의 혈관 속에 색빌 가문 시대의 피가 고동치고 있다." 그것은 켄트주에 있었고, 그들 둘 다 그곳을 좋아했다…. 이야기를 정리하자면, 거래는 끝났다.

비타와 마찬가지로, 해럴드도 주거 공간으로서의 부적절함을 무시할 준비가 되어 있었다. 실제로 그 뒤 몇 년 동안 해럴드는 그 집을 "지금까지 보아 온 것 가운데 가장 볼품없는 건물들의 기이한 조합이지만, 정감 어린 집이며 무척 온후하고 영국적이다."라고 이야기했다. 시싱허스트 부지에는 침실이 열 개나 되는 널따란 빅토리아 시대 농가도 한 채 있었지만, 부동산 중개업자들이 보기에 황당하게도 비타는 거기에서 지낼 생각이 전혀 없었다.

처음에 비타와 해럴드는 남아있는 벽돌 건물들을 연결하기 위해 증축 공사를 할 작정이었지만, 곧 마음을 바꾸었다. 돈이 부족해서 그런 건 아니었다. 성 문루의 한쪽 옆에는 일꾼들 숙소를 앉힐 계획이었다. 예전에 마구간이었던 다른 쪽 공간은 비타 조상의 초상화들과 필립 드 라즐로가 그린 비타의 소녀 시절 초상화를 걸어 두기에 크기가 충분한 긴 도서관 겸 거실로 삼기로 했다. 해럴드와 비타는 지금은 사우스 코티지South Cottage라 불리는 곳에 각자의 침실을 두고, 그곳에 해럴드의 서재도 만들기로 했다. 아들들은 목사관에 거주하게 하고 거기에는 가족을 위한 주방과 식당을 둘 예정이었다. 그러면 하루에 몇 번씩, 날씨가 좋든 나쁘든 때로는 밤중에도, 정원을 가로질러야 했다.

그런데 해럴드는 나중에 비타에게 이런 편지를 썼다. "나는 어떻게 해야 완벽한 가족이 될지 종종 궁금했었소. 그건 바로 우리가 애정과 무간섭을 적절히 안배하는 일이라고 생각하오. 우리는 각자 자기만의 방을 가지고 있고, 완벽한 이해의 바탕 위에서 만나는 거실이 있다는 것을 알고 있소." 시싱허스트는 그러한 이상을 벽돌 건물로 구현했다.

그러나 살 만한 주거 시설이 되기까지는 손봐야 할 곳들이 만만찮게 많았다. 시싱허스트는 성이 세워진 이래 약탈의 시기를 여러 차례 겪었다. 전성기를 지난 튜더왕조가 쇠퇴하던 17세기의 시싱허스트에는 베이커 가문을 이을 남자가 없었다. 여러 해 동안 그 저택은 비어 있었고, 1749년에 이곳을 지나가던 소설가 호레이스 월폴(Horace Walpole, 영국 총리 로버트 월폴의 아들. 고딕 소설의 선구자. 작품으로는 《오트란트 성》이 유명—옮긴이)은 "폐허가 된 공원과 그 폐허보다 열 배 더 큰 폐허 가운데에 있는 저택 한 채"를 발견했다.

시싱허스트가 7년 전쟁(1756~1763) 동안 무려 3000명이나 되는 프랑스 해군 포로의 수용소로 임대되자 더 나쁜 일들이 바로 뒤따랐다. 상황은 끔찍했다. 시싱허스트는 다른 수용소에 있는 수감자들에게 잘못 행동하면 보내버리겠다고 위협하는 수용소였다. 이곳에서 짐승 취급을 받은 프랑스인들은 저택과 정원에 화풀이를 했다. 그들이 떠났을 때는 610미터의 유리와 61미터의 징두리널(창틀 아래 벽에 붙이는 널빤지 장식—옮긴이)이 부서지고 "관목 한 포기 나무 한 그루 남아있지 않았다." 마구간에 교구 빈민원이 들어섰을 때는, 엘리자베스 여왕의 신하들이 산책하던 안뜰에서 소들이 풀을 뜯었다.

그나마 복구가 이루어진 것은 19세기 후반 50년 동안 시싱허스트 농장을 힘 좋고 일 잘하는 소작인들에게 임대했을 때였다. 홉

사우스 코티지에는 해럴드와 비타의 침실이 각각 있었고, 해럴드의 서재와 그들의 사적인 거실도 있었다.

과 곡식을 심고, 들판은 물을 빼고 소를 키웠다. 하지만 그 소작인들이 사용했던 곳은 새로 지은 빅토리아 시대의 농가였고, 1903년 시싱허스트 성의 토지는 21개 구획으로 나뉘어 다시 팔렸다. 새로운 세기를 강타한 농업계의 불황을 비춰보면 성 자체를 복원하려는 어떤 생각도 불가능했다.

비타와 해럴드는 새집에서의 첫날 밤을 탑의 냉기 속에서 야영하며 보냈다. 가족이 거기서 눌러살 만하기까지는 2년이 걸렸고, 정원은 물론 훨씬 더 오래 걸렸다. 비타가 나중에 남긴 기록을 보면, 그 저택의 역사 마지막 단계에서 시싱허스트를 차지하고 일했던 노무자들은 정원을 녹슨 쇠붙이들 폐기장으로 만들어 놓은 채

　　　　　　　　　　　　　1922~1930, 올랜도

닭을 풀어놓고 키웠으며, 무성히 뒤얽혀 있는 덩굴식물과 쐐기풀 속에는 쓰레기와 잡동사니들이 쌓여있었다. 그 쓰레기들을 치우는 데만도 3년은 걸릴 것 같았다. 하지만 그건 시작에 불과했다. 이건 복원 작업이 아니라 창조 작업이었다. 그곳이 전에 정원이었다는 것을 상기시켜주는 단 하나의 꽃나무, 즉 나중에 '시싱허스트 성'으로 불리게 된 만연한 로사 갈리카(Rosa gallica, 프로방스 장미 또는 프랑스 장미―옮긴이)만이 남아 있는 가운데에서, 그들은 사실상 처음부터 시작하고 있었다.

정원은 처음부터 두 개의 축을 중심으로 울타리를 두른 작은 구획들을 배치하고, 구획마다 각각 다르게 하나하나가 파격이 되도록 구성할 작정이었다. 그 구상은 "전생에 정원 설계가였음이 틀림없다"고 비타가 자랑했던 해럴드의 머리에서 나왔다. 하지만 그녀는 원예가였다. 그녀는 "설계를 위한 엄격한 규칙"이 있어야 하며, "최대한 격식이 없게 심어야 하고, 핑크색 벽돌담이 반드시 직선이어야 할 필요는 없지만, 장미와 인동덩굴, 무화과와 포도덩굴의 조합이 꼭 필요하다"는 것을 본능적으로 알았다. 실제로 저택을 매입한 날 그들은 사우스 코티지의 담벽 아래에 덩굴장미인 '마담 알프레드 카리에르'* 한 그루를 심었다.

비타와 해럴드가 시싱허스트 부지를 처음 봤을 때 발견한 옛

---

* Mme Alfred Carriere, 덩굴장미 중 최고의 백장미. 프랑스 원예잡지 〈르뷔 오르티콜Revue Horticole〉의 편집장인 Alfred Carriere의 아내를 기리기 위해 붙인 이름이다.(―옮긴이)

사우스 코티지 밖의 코티지 가든은 여름의 끝자락이면 최고조에 달하는 열정적인 색으로 불타 오른다. 해럴드의 서재 책상과 비타의 침실에서 볼 수 있다.

비타와 해럴드는 한때 위대했던 튜더 양식 대저택의 남아있는 부분들을 십분 이용했다. 이 저택의 앞면과 입구 아치는 1530년대 지어진 것으로 추정된다.

정원의 흔적 몇 가지 가운데 하나는 규모가 큰 켄트개암나무 숲이었다. 그들은 그 발견을 정원이 이곳에서 다시 살아날 수 있다는 신호로 받아들였다. 그러고는 바로 해럴드가 낡은 유모차로 숲에서 실어온 폴란토스들을 수선화와 디기탈리스가 있는 나무 밑에 심었다. 그들은 해자 정비, 호수를 만들기 위한 냇물 둑 쌓기, 타워 잔디밭과 과수원을 구분하기 위해 주목들을 줄지어 심는 일 등은 비용을 들여 맡겼다.

성을 사들인 후 2년 뒤에 울프 부부가 시싱허스트를 방문했을 때, 버지니아는 "모든 것이 계획되어 있다."라고 기록했다. "H(해럴드)는 노트에 밑그림을 그렸다. 벽을 쌓고 잔디를 깔았다." 사실 모든 일이 계획과는 거리가 멀었다. 시싱허스트에서 가장 창의성이 돋보이고 유명한 곳이 된 화이트 가든White Garden을 꾸미기까지는 20년이 걸렸다. 해럴드의 아이디어들 중 너무 거창한 일부는 포기했다. 텃밭을 가꾸는 계획조차 "아티초크와 비타의 분노"에 밀려서 일단 접어둬야 했다.

비타는 자신이 1930년 당시 가드닝에 대해서는 백지상태였으며 "하나에서 열까지 맞지 않는 것들을 심고, 그것들을 맞지 않는 곳에 심었다."고 말했다. 그러나, 토지의 눈속임에서 배움을 찾고, 정원이 수십 년에 걸쳐 번성해 나갈 수 있도록 다시 계획을 세우고 필요한 곳에 기꺼이 다시 옮겨 심는 바로 그 마음이 시싱허스트를 영국 정원 역사에서 가장 사랑받는 이름의 하나로 만들지 않았나 싶다.

제3부

1931~1962,
모든 정열이
다하다

비타와 해럴드의 부부애는 해가 갈수록 깊어졌다. 비타가 시싱허스트에서 훨씬 많은 시간을 보내긴 하지만, 그곳에서 정원을 가꾸고 책을 쓰면서 두 사람의 관계는 더욱 단단하게 이어졌다.

06

⋮ 1931~1938 ⋮

1931년, 비타와 해럴드의 결혼생활은 아직 전체 기간의 절반 이상이 남아있었다. 그들의 아들 나이절의 기록에 의하면 "그때부터 쭉 그들의 관계에는 아무런 변화가 없었고, 그들 사이의 행복한 결혼생활을 위협하는 일은 아무것도 없었다. 부부애는 더 깊어졌다." 비타는 몇 년 후 아들들이 30세를 바라보게 되자, 그것이 얼마나 놀라운 일인가를 해럴드에게 보내는 편지에 썼다. "우리가 그 애들을 낳을 때보다 나는 훨씬 더 많이 당신을 사랑하는 게 분명해요." 그때 그녀는 아주 깊은 사랑에 빠져 있었다. 하지만 그때가 산속의 작은 샘물 같은 사랑이었다면, "지금은 절대 마르지 않는 깊디깊은 호수 같다."고 편지에 썼다.

두 사람은 계속 불륜을 저질렀다. 해럴드는 "나는 내 행복을 당연하게 여기기로 했다."고 일기에 털어놓았다. 하지만 비타는 "한 사람만을 당연하게 여길 사람이 아니었다." 버지니아가 비타에게 쓴 편지 한 통으로 이 사실은 곧 증명되었다. 아니면 그저 버지니아의 투덜거림에 가까운 것이었을까? "그대가 지금 여러 사람, 아니 여자들을 나보다 더 잘, 더 자주, 더 육체적으로 사랑하고 있다는 걸 알고 있지." 버지니아는 비타가 한때 "남자들처럼" 예쁜 여자들과 사랑에 빠졌다고 말했다. 비타가 한창 연애를 할 때는 무려 50명 이상의 여자 애인을 거느렸다. 비타는 만족시켜 줄 생각도 능력도 없으면서 남자들의 기대심리를 부풀리던 그녀 어머니의 전형적인 수법을 답습했다.

하지만 몇 년 전에, 비타는 버지니아에게 자신은 나이를 먹어가면서 자신도 모르게 갈수록 "의도치 않은 외톨이"가 되었고, 자신 속에 너무 깊이 빠져들어 완전히 길을 잃을 위험이 있다는 사실을 깨닫게 되었다고 말했었다. 그럴 때면 비타는 버지니아에게 의존해서 그 상태에서 벗어났다고 했다. 그리고 1931년이 되자 비타(와 호가스 프레스)는 'VW'에게 바치는 시 〈시싱허스트 Sissinghurst〉를 내놓았다. 비타는 그 시에서, 침묵하기 위해 제 발로 해자에 걸어 들어가 고여 있는 물 아래로 가라앉아 '익사'하는 자신을 그렸다.

비타가 시싱허스트에 파묻혀 있게 되자, 해럴드는 한 번에 오랜 기간을 그녀와 떨어져 지내는 일이 예전보다 더 힘들다고 느끼기 시작했다. 외교부를 떠난 후 그는 〈이브닝 스탠더드〉의 경영진으로 참여하고, 〈데일리 익스프레스〉에서도 일했으며, BBC에도 몸담았다. 해럴드는 BBC에서 매주 방송하던 토크쇼 〈사람과 사건들 People and Things〉에 출연해서 이름을 떨치기 시작했다. 하지만 아직 해럴드의 삶은 처칠(비타와 함께 긴 산책을 나간 것으로 기록된)의 시골 별장에서 열리는 파티에 참석하고, 영국 총리의 지방 관저에서 점심식사를 하는 사람들 속에 있었다. 그의 다음 행보는 단연코 정계 진출이었다. 그는 비타의 회의적인 태도에도 불구하고 오즈월드 모즐리Oswald Mosley의 신당에 가입했으나, 그와 정치 노선이 달랐던 영국파시스트연맹에 신당이 편입되면서 그들과 갈라서기 시작했다.

그들에게 돈이 부족한 건 비타보다 해럴드에게 더 괴로운 일이었다. 초기 시싱허스트 건물의 개보수 계획들 중 많은 부분이 반드시 비용 문제 때문이었던 건 아니었지만 포기되었다. 그가 일기에 적었던 것처럼, 그래도 그들은 행복했다. "이 모든 불확실성은 우리를 무미건조하고 따분하게 만드는 확실성보다 더 낫다." 그가 정치에 관한 많은 저술과 더불어 소설도 쓰기 시작하면서, 그들은 "멋진 한 해"를 축하할 수 있을 것 같은 기분이 들었다.

비타와 버지니아는 정기적으로 계속 만났지만 시싱허스트에는 손님용 방들이 없어서, 버지니아는 해럴드의 침실에서 딱 하룻밤만 보내고 온 게 고작이었다. 언젠가는 시싱허스트에서 비타가 "아득히 멀리 있을 내 사랑하는 버지니아…"로 시작하는 편지를 달마시아 해안을 유람하고 있는 버지니아에게 보낸 적도 있다.

이 사진을 찍은 멍크스 하우스에서 비타와 처음 만난 버지니아는 그녀를 "발그스레한 뺨, 가뭇 가뭇 솜털이 난 윗입술, 잉꼬 빛깔로 물든 피부"로 묘사했다.

　그러나 고작 몇 달 전만 해도 비타가 "정말로 그녀의 삶에서 나를 원하고 있을까?"를 에설 스미스에게 애절하게 묻던 사람은 버지니아였다. 비타는 당시 〈데일리 메일〉의 여성 섹션 편집장인 에벌린 아이언스Evelyn Irons와의 정열적인 연애에 애면글면하면서도, 또 한쪽에서는 에벌린의 연인인 올리브 린더Olive Rinder와도 연인관계를 맺고 있었다. 에설은 비타에게 너그러우면서도 통찰력이 느껴지는 편지를 썼다. 버지니아는 "모든 사람들의 삶의 가장자리에 있어서… 보통 사람들이 어렵지 않게 해내는 사람들끼리의 접촉도 버지니아에게는 쉽지 않지요…. 그러니 당신이 버지니아에게 어느 정도 현실감각을 일깨워 주면 좋을 것 같아요."라며,

"어쨌든 그녀는 당신이 자신을 안심시켜 주기를 기다리고 있는 것 같아요."라고 썼다. 버지니아는 그 전에 이미 에설에게 "비타는 가장 친절한 여자들 중 하나이며… 다른 모든 사람 중에서 내가 필요로 하고 동경하는 모성애를 지녔다."는 내용의 편지를 보냈다. 모성애는 버지니아가 비타를 보면서 언젠가 언급했던 바로 그 자질이었다.

1930년 아직 추웠던 이른 봄, 버지니아는 그녀가 느끼게 된 증세들 중 하나인 "조금 신비스러운" 느낌과 함께 새로운 십 년을 시작했다. 이것은 그녀가 작가가 되는 과정의 일부였다. "내 머릿속에서 무엇인가가 일어난다. 머릿속에서 생겨난 갖가지 인상들은 곧 사라져 버린다. 그것들은 안으로 틀어박혀 버린다. 번데기가 된다. 때로는 격렬한 통증 때문에 무기력하게 늘어져 있다. 그러다가 갑자기 뭔가가 터져 나온다." 이틀 전 비타가 여기 왔을 때 그랬던 것처럼.

하지만 버지니아도 비타와 똑같은 근본적인 결론에 도달하게 되었다. 남편 레너드는 그녀의 가장 정직한 비평가이자 "불가침의 구심점"이었고 앞으로도 변함없을 것이다. 1931년에 (비타가 《모든 정열이 다하다All Passion Spent》를 출간해서 인기를 얻었을 때였다. 그 책에서 연로한 미망인 슬레인 부인은 마침내 자신의 삶과 자신의 즐거움을 손안에 쥔다.) 버지니아는 《파도》를 탈고하여 세상에 내놓았다. 그녀가 원래 쓰려고 했던 책은 '마음의 생각'이며, 아마도 자신에게는 가장 실험적인 형태의 소설로, '산문으로 된 시; 소설이면서 희곡',

그리고 자서전이라고 설명했던 책이다. 초고를 쓰는 데만 거의 두 해가 걸렸다. 등장인물 여섯 명의 독백으로 구성된 책인데, 버지니아의 일기에는 "그들은 한 명이어야 했다. 나는 노년으로 접어드는 중이다…. 그리고 나 자신을 하나의 버지니아로 모으는 게 얼마나 어려운 일인지를 점점 더 절실하게 느끼고 있다."고 적혀 있다.

버지니아는 이 책에 대해 그 어떤 두 사람도 똑같은 생각을 하지 않는다는 것이 재미있다는 기록을 남겼다. 비타는 그 책을 "술에 취한 강아지도 쓸 수 있을 만큼 엉망이다."라고 생각했다. 하지만 레너드는 버지니아에게 걸작('보통의 독자'가 처음 100쪽까지를 잘 따라갈 수 있을지 의심스럽다는 말은 했지만)이라고 칭찬했다. 해럴드가 전화를 걸어 칭찬의 말을 더 보태자, 버지니아는 "기쁨에 전율했다."E. M. 포스터는 그 책의 중요성을 언급하는 편지를 보내왔다. 그리고 레너드의 우려가 기우였음이 밝혀지게 되었다. 버지니아가 일기에 기록한 걸 보면, 일반 독자들은 다른 그 어떤 책보다 더 간절히 이 책을 사려고 몰려들었다.

버지니아는 쉰 번째 생일 두 달 전인 1931년 11월 어느 날의 일기에서 이런 이야기를 했다. "아, 그래. 쉰에서 예순 사이에, 그때까지 만약 내가 살아있다면, 아주 특이하고 이상한 책을 몇 권 쓰고 싶다. 이제 내 머릿속에서 구상해 온 생각들을 정확히 형상화할 시기가 마침내 왔다고 생각한다."《파도》는 "나 자신만의 스타일로 쓴 나의 첫 번째 작품"일지도 모른다.

바네사 벨이 그린 레너드의 스패니얼개 샐리Sally. 샐리는 머리가 동글고, 주둥이와 코는 대형
탐지견인 블러드하운드처럼 생겼으며, 18파운드를 주고 샀다고 버지니아가 말했다.

1년이 지난 후에도 그녀는 50대와 함께 그녀에게 찾아온 이러
한 새로운 기분을 아직도 곰곰이 생각하고 있었다. "나는 노화를
믿지 않는다. 사람에게 영원히 태양으로 화하는 속성이 있음을 믿
는다. 그러므로 나는 낙관주의자다." 그녀는 여성협동조합원들인
철로 보수공의 아내, 모자 제작공, 전직 하녀의 회고록 모음집인
《우리가 알고 있던 그대로의 삶Life As We Have Known It》의 서문을
씀으로써 새로운 돌파구를 찾고 있었다. 그녀는 자신의 경험과 노
동 계급 여성들의 경험 사이에 존재하는 간극 때문에 종종 비판

을 받고, 전에는 그녀도 그 사실을 인정했지만, 이제 이로써 그 간극을 어느 정도 메우게 되었을 것이다.

버지니아는 그즈음 몇 해 동안 많은 대중적인 명예—박사학위, 명예 훈작을 받을 기회, 케임브리지대학의 명망 높은 강연을 맡아달라는 초청—는 거절하곤 했지만, 갈수록 더 대중의 목소리를 가져야 할 필요성을 느꼈다. 1931년 그녀와 에설 스미스는 '여성의 경제 평등을 얻기 위해' 설립한, 나중에 포셋 소사이어티Fawcett Society라고 명명한 단체를 위해 함께 연단에 섰다. 그녀가 거기서 한 연설은 몇 년 동안 계속 그녀의 책《3기니》로 이어졌다. 이는 《자기만의 방》보다 더 노골적인 페미니스트 책이었다. 그녀는 '여성을 위한 전문직'에 대해 이야기하면서 "과학 관련 직업의 본보기인 장인들, 회계사, 병원 영양사, 정치 활동가, 상점 주인, 예술가, 원예 강사, 홍보 관리자, 건축가…" 등을 예로 들었다. 그 후 몇 달 뒤에 버지니아는 성 편견과 이중 잣대가 드러나는 보도 기사들을 스크랩하기 시작했고, 1932년이 되자 그녀의 말에 따르면 "세인트폴 대성당을 날려버리기에 충분한 화약"을 확보했다.

1930년대 초, 버지니아는 스티븐 스펜더Stephen Spender, 크리스토퍼 이셔우드Christopher Isherwood, C. 데이-루이스Day-Lewis와 같은 신세대 작가들과의 논쟁에 점차 휘말리게 되었다. 호가스 프레스에 합류한 존 레만(John Lehmann, 소설가 로저먼드 레만Rosamond Lehmann의 남동생)을 통해 알게 된 이 청년들은 열성적으로 남성 노동자들과 관계를 맺었고, 본능적으로 특권층에 적대적이었다.

그들은 블룸즈버리 그룹의 세계에 적대적인 동시에 그 혜택을 입었다. 그러니만큼 이들에 대한 버지니아의 감정은 복잡했다. 그러나 미국 증권시장의 붕괴 여파에 따른 경제 위기의 해이자, 영국의 소수당인 노동당 정부가 무너진 해인 1931년에 벌어진 격렬한 논쟁에는 레너드도 직접 관여했다. 이탈리아는 무솔리니가 권력을 잡은 지 거의 10년째이고, 독일 역시 히틀러가 막 부상하고 있는 가운데, 유럽은 대공황의 늪에 빠졌다. 버지니아의 눈에는 미래의 "어리석고 무의미하며, 잔인하고 피비린내 나는 대혼란"만이 보였다.

이런 분위기 가운데 버지니아의 다음 소설 《플러쉬Flush》─시인 엘리자베스 바렛 브라우닝Elizabeth Barrett Browning의 스패니얼 개의 전기로 쓴 가벼운 책─는 그저 '기발한 글'로만 보일 수도 있었다. 하지만 그 책은 당시 엄청난 베스트셀러였고, 시간이 조금 더 지나자 정치적이라거나 또는 페미니스트 이야기라는, 심지어는 책의 표지 모델로 등장하는 스패니얼을 버지니아에게 선물했던 비타와의 불륜에 대한 알레고리라는 말까지 돌았다. 그 책이 나오기 전에도 버지니아는 자신에 대한 대중의 관심이 너무 버겁다고 불평하고 있었다. "각광을 받는 건 내게 좋지 않다. 내가 일하기 좋은 최상의 광선은 황혼의 노을빛이다. 그리고 써야 할 세 권의 책이 나를 압박하고 있다…. 나의 남편과 어머니와 아버지, 그리고 개에 대해 법석을 떨고 말도 안 되는 이야기들로 입방아를 찧는 건 정말 질색이다." 해럴드 니컬슨까지도 방송에서 버지니아를 거론하면서, 그녀를 T. S. 엘리엇과 D. H. 로런스, 제임스 조이스, 에벌린 워Evelyn Waugh와 함께 "모더니스트 작가"로 묶었다. 하지만 그런 식으로 당대의 작가들을 나누는 것은 "험담이자 남부끄러운 일"이라고 울프는 항의했다.

그런데 1932년 1월, 깊은 어둠이 드리워졌다. 리턴 스트레이치가 위암으로 세상을 떠난 것이다. 어떤 의미에서 보면 그는 블룸즈버리 그룹의 본보기와도 같은 인물이었다. 그의 죽음은 이미 거리가 멀어지고 있던 블룸즈버리 그룹의 유대감을 더 약화시켰다. 게다가 버지니아 자신도 늙어버린 것 같은 느낌이 들었다. 동성애자인 스트레이치를 오랫동안 사랑하고 함께 살았던 젊은 화가 도라 캐링턴Dora Carrington은 버지니아에게 그녀의 편지들이 자신에게 가장 도움이 되었다고 썼으며, 그 까닭은 "당신이 이해하고 있기 때문"이라고 했다. (버지니아는 리턴이 죽었어도 도라는 그녀 자신이 죽는 날까지 그에 대한 사랑을 마음속에 간직할 것이라고 비타에게 말했다. 리턴의 죽음은 '미래의 세계가 산산이 부서진 것'과 같았을 것이다.) 3월이 되자 버지니아는 캐링턴을 찾아갔다. 그녀는 캐링턴이 리턴에게 얼마나 많은 것을 베풀어주었는지 칭찬하고, 캐링턴의 자그마한 두 손을 잡아주며 캐링턴을 혼자 남겨 두고 떠난 리턴을 원망했다고 일기에 적었다. 이튿날 캐링턴은 총을 쏘아 자살했다. 그 소식을 들은 버지니아는 도저히 믿을 수 없다는 반응을 보였다. "나는 살아 있다는 게 기쁘고, 죽은 이 때문에 슬프다. 캐링턴이 어쩌다 자살로 이 모든 것과 인연을 끊었는지 알 수가 없다."

1933년, 비타는 자신의 괴로움을 버지니아에게 털어놓았다. 자신의 어머니가 멋대로 자신의 큰아들 벤에게 비타와 버지니아의 '도덕성'에 대해 왈가왈부했다는 것이다. "내가 부끄러워서가 아니라… 다만 벤의 마음속에 지울 수 없는 고약한 기억을 각인시킨 게 아닌가 싶어 괴로워요." 그들은 여전히 "다른 사람 없이" 둘이서만 식사할 기회를 찾으려 했고, 아플 때나 건강할 때나 함께하려고 애를 썼다. 버지니아는 비타가 카페 로열Cafe Royal에서 점심식사 하는 것을 보았다는 소식을 듣고는 비타에게 농반진반으로 편지를 썼다. "그래요. 그대와 점심을 함께한 사람은 어떤 여자였고 그리고 혼자 앉아 있는 사람은 나였고요, 그리고 그리고 그리고…." 비타는 카페 로열에서 뼈다귀나 겨우 물어뜯는 "초라한 양치기 개"의 입장에서 쓴 재치있는 답신을 보냈다.

그러나 종종 그렇듯이, 버지니아의 일기는 그녀가 편지보다 더 차가운 눈으로 비타를 바라보고 있는 것을 보여준다. 1934년 7월에 버지니아는 비타가 여러 주 만에 가학적인 삼각관계를 다뤄 논란을 일으킨 자신의 소설 《다크 아일랜드The Dark Island》 원고를 들고 점심을 먹으러 왔다고 일기에 기록했다. "그녀는 더 화려해지고 & 대담하고 & 빨갛게 변했다. 내면은 대동소이; 다만 돌고래는 광채가 사라지고 & 진주는 윤기를 잃고." 버지니아는 비타가 이제 손톱에 매니큐어를 칠하고 립스틱을 바른다며 "그웬의 영향"이라고 못마땅하다는 듯이 적어놓았다.

1933년 여름에 해럴드 니컬슨의 여동생인 그웬 세인트 오빈

Gwendolen St Aubyn이 끔찍한 자동차 사고를 당한 뒤 요양하기 위해 시싱허스트에 왔다. 신비주의와 오컬트가 뭇사람들의 관심을 끌고 있을 때 비타를 그쪽에 접하도록 이끈 사람은 그웬이었다. 심지어는 캐서린 맨스필드도 죽기 며칠 전에 신비주의자인 구르지예프(George Ivanovich Gurdjieff. 러시아의 신비주의자. 1960년대의 히피들에게 큰 영향을 주었고, 애니어그램의 창시자로도 알려져 있다—옮긴이)의 추종자가 되었다. 그것들이 추구하는 바는 비타 자신의 고독에 대한 욕구의 근거를 제시했고, 수많은 여성(그리고 레즈비언) 작가들이 성녀들의 삶을 재탐구하게 된 토대 역시 제공했다. 선머슴 같았던 비타가 다음 책의 주제로 복장도착cross-dressing 성향을 보인 잔다르크를 선택한 건 필연이었을지도 모른다. 비타와 그웬의 군건한 개인적 관계 역시《다크 아일랜드》에서 선명하게 나타났다.

버지니아는 1934년, 낙상으로 인한 심장 마비로 세상을 떠난 로저 프라이의 뜻밖의 죽음에 큰 충격을 받았다. (그와 대조적으로, 그해 4월 조지 덕워스가 죽었을 때 버지니아는 서글퍼하며 의외로 애정 어린 애도의 모습까지 보였다. "가엾은 늙은 중생… 아, 어린 시절이 그와 함께 가는구나.") 하지만 로저의 "거대하고 다정한 영혼"의 상실과 함께 더 많은 것이 삶에서 떠났다. 게다가 그해 말 버지니아는 로저의 여동생과 로저의 연인으로부터 그의 전기를 써 달라는 부탁을 받았다. 그것은 그녀가 예상했던 것보다 훨씬 더 기력을 소진하게 만든 과업이었다.

이듬해 봄, 찬바람이 부는 시싱허스트를 방문한 뒤로 버지니아

시싱허스트와 그 밖의 다른 곳들을 방문한 길에, 버지니아는 비타의 다 큰 아들들인 벤, 나이절과 친숙해졌다. 나이절은 그녀를 재미있고 편안한 손님으로서 "예민하지만 의학적인 의미에서 환자라고 할 정도는 아니었다."고 기억했다. 나이절은 나중에 버지니아의 《서간집》 여섯 권을 편집했다.

는 비타가 그곳에 집착하는 것에 대해 어느 때보다 더 냉담했다.

비타와의 우정은 끝났다고 버지니아는 일기에 썼다. "말다툼도 아니고, 대판 싸운 것도 아닌, 잘 익은 과일이 저절로 떨어진 것처럼." 비타가 버지니아의 이름을 부르는 목소리에는 여전히 황홀한 힘이 있었지만, 그다음엔 환멸감이 찾아왔다. "그리고 그녀는 뚱뚱해졌고, 아주 나태하고 한물간 시골 아낙네가 되어, 책에 대해서는 이제 관심도 없다. 시 한 편 안 쓰고 그저 개와 꽃, 그리고 새 건물들에 대해서만 열을 올린다."

버지니아는 "비통해할 것도 없고 환멸을 느낄 것도 없는, 어떤 공허함만" 있었다고 말했다. 비타의 '변절'을 본 후 자신의 황량한 마음 상태를 부분적으로 표현한 것이리라. 하지만 '끝난다'는 버지니아의 예측은 전적으로 사실이 아닌 것으로 판명되었다. 실제로 다섯 달 후 시싱허스트에 다시 온 버지니아는 이렇게 적었다. "근사한 새 방을 보았다. 바지를 입고 있는 비타. 오히려 애정과 후회의 감정이 일었다."

비타는 사실 그 어느 때보다 더 시골 사람 같았다. 1935년 말 해럴드가 국회 진출 제안을 받아 동의하고, 레스터Leicester 웨스트 선거구 노동당 후보로 출마하여 하원의 의석을 차지하게 되었을 때, 비타는 해럴드에게 상처를 주게 되어 굉장히 마음 아프지만 그들 사이의 오래된 약속—해럴드가 주최하는 어떤 행사나 강연회에도 참석하지 않겠다는—을 고수하겠다는 내용의 편지를 썼다. 그러자 이미 비타로 인해 오랫동안 괴로움을 겪어왔던 해럴드가 이번에는 불평을 했다. 자신에게 매우 중요한 일에 비타가 전혀 관심을 두지 않는다고 말이다. 비타는 언젠가 해럴드에게 보내는 편지에서 "당신 인생에 비하면 내 생활은 언제나 재미없게 느껴지고", 자신이 해럴드에게는 틀림없이 "따분하고 촌스럽게" 보일 거라고 털어놓았다. 하지만 그녀는 자신이 원하는 바를 선택했다.

해럴드가 화려하고 높은 수준으로 살고 있었던 건 사실이다. 파리를 거칠 때면 제임스 조이스의 아파트에 초대를 받았고, 미국

여행에서는 찰스 린드버그가 자신이 조종하는 비행기에 큰 아들 벤을 태워주었다. 런던에서는 영국 황태자와 "보석을 두르고, 눈썹을 뽑고 다듬은, 지덕知德을 갖춘" 심프슨 부인과 식사를 했고, 우연히 마주쳤던 검은 옷을 입은 귀엽고 통통한 여인이 뒷날 엘리자베스 2세의 어머니인 요크 공작 부인이었다는 것을 뒤늦게 깨닫기도 했다.

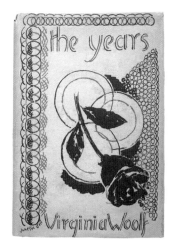

버지니아는 애초에 《세월The Years》을 여성의 사회적 지위에 대한 자신의 생각을 탐색하는 '소설적 에세이novel-essay'로 구상했다.

비타 역시 완전히 시골뜨기로 지낸 것만은 아니었다. 1934년 2월 버지니아와 주고받은 편지들을 보면, 비타(버지니아에게는 재밌게도)는 프린세스 로열 메리 공주와 라셀스 경 부부와 함께 마라케시에 있었다. 라셀스 경은 한때 비타에게 청혼을 했던 사람이었다. (비타는 그곳에서 유럽판 《올랜도》를 봤다는 기록을 남겼다.) 1936년 1월, 비타의 어머니가 세상을 떠났다. 비타는 "망치로 머리를 맞은" 느낌이었지만, 그것은 과거와의 결별이었고, 어떤 면에서 긍정적인 점도 있었다. 해럴드는 비타가 "매우 괴로워하고 충격을 받았지만, 나는 내심 안도했다."고 했다. 물론 그들의 재정 상태는 이제 상당히 나아졌다. 이듬해 비타는 그녀의 할머니 페피타의 전기를 펴내고자 했다. 비타는 그 일에 몰두하면서 자신의 어머니 빅토리아를 돌아볼 수 있었고, "온갖 어리석고 사소한 아픔과 짜증들이 사라지고 진면목이 드러나는"것을 알 수 있었다.

시싱허스트는 비타와 해럴드를 분열시키기보다는 결속했다. "난 우리 정원이 너무도 좋소." 해럴드는 1936년 5월 13일 비타에게 편지를 보냈다. "덜커덩거리고 휑뎅그렁한 내 인생에서 정원은 조용한 배경 같은 것…." 그는 승승장구해서 외교위원회 부위원장이었다. 그러나 해외 정세는 심히 우려할 수밖에 없는 상황이었다. 1937년 스페인 내전에서 공화파 쪽의 구급차를 운전하기 위해 갔던 바네사의 아들 줄리언 벨Julian Bell이 겨우 한 달 만에 죽자, 버지니아는 뼈저린 아픔을 겪었다. 바네사는 버지니아가 자신에게 무척이나 위안이 됐다고 비타에게 말했다. 버지니아는 시싱허스트를 방문하고 돌아와 비타(와 해럴드)의 "말로 드러내지 않은 선행"을 칭송했다. 하지만 버지니아는 찰스턴을 매일 방문해서 절망에 빠진 네사의 얼굴을 보며 뭔가를 돕는다는 것이 "매우 힘든 일"이라는 것을 깨달았다.

줄리언이 죽었을 때 버지니아는 이미 롤러코스터를 타고 있는 것과 같은 상황이었다. 1936년 봄, 두 달 동안의 암울하고 거의 재앙에 가까운 병을 앓고 난 후, 그녀는 "1913년 이후 지금처럼 내 감정이 벼랑 끝에 그렇게 가까이 가 본 적이 없었다." "지금 나는 다시 주도적인 위치에 있다…. 아, 그래도 다시금 내 마음의 주인이 되다니 정말 기쁘다!" 그녀는 《세월》을 편집해왔고, 그 책을 출판하면서 "나를 조롱하는 요란한 비웃음"을 듣게 될까 봐 걱정했다. 형식 면에서 그녀의 최근 작품보다 더 전통적인 이 책은, 종래의 구성이나 전개 방식에서 벗어나 의식의 흐름을 시간의 흐름과 무관하게 배열해 놓은 것처럼 보이지만, 약 50년에 걸친 중산층 가정의 연대기였다. (우리가 어두운 데서 하는 것이 진면목에 더 가깝다.) 버지니아의 걱정과 달리 《세월》은 상업적인 성공을 거둔 또 하나의 책이 되었다. 하지만 그녀는 줄곧 그 책을 "고약한 맛의 라이스 푸딩"으로 간주했다.

1937년 11월 비타는 시싱허스트의 '핑크빛 탑에서'라는 편지를 보냈다. 다른 사람들, 심지어는 비타의 사촌 에디까지도 버지니아를 보았다는데 자신은 버지니아를 볼 수 없었던 것을 슬퍼하는 내용이었다. 버지니아는 그녀를 생각해 본 적이 있을까? "당신의 《올랜도》를 보고 떠오른 사랑에 대한 단상." 비타는 "폭죽이 든 휴지통 같은" 기분이 들 때면 언제나 버지니아에게 눈길을 돌렸다고 썼다.

버지니아는 비타에게 왜 그렇게 의심을 하느냐며, 안심하라는 뉘앙스의 답장을 보냈다. "그대는 켄트의 흙을 선택하고, 나는 런던의 깃발이 휘날리는 곳에 있기를 바란 것뿐인데, 그것이 사랑이 식어야 할 이유가 될 수는 없지. 안 그래요? 왜 진주와 돌고래가 사라져야 하는지…." 마치 그들의 관계가 새로운 국면으로 접어들고 있다는 걸 그들도 느끼고 있는 것처럼 들린다. 그들의 편지에서는 그들의 애정과 더불어, 혹은 애정과 결부된 조바심이 배어난다. 비타가 아파서 런던에 있는 병원으로 급히 이송되었을 때, 그녀는 버지니아에게 알리지 않는다. 비타는 편지를 쓰지 않은 것에 대해 사과하는 한편, 실현 가능성이 없어 보이는 방식으로 만나려는 생각에 몰두한다.

버지니아는 정치적 이해관계와 명분에 따라 입장을 달리하는 정치 단체들을 혐오했지만, 그래도 1930년대 내내 레너드가 노동당을 위해 하는 일을 지지하고, 심지어는 반전운동을 위해 스스로 일을 떠맡기까지 했다. 그녀는 다양한 반파시스트 조직의 일원으로서 여러 위원회에 참석하고, 반전주의자인 어느 작가를 강제 수용소에서 빼내고 피카소의 '게르니카'를 영국에서 전시하는 캠페인에 지지를 보냈다. 하지만 버지니아는 히틀러가 1936년 3월 라인란트Rhineland를 침공한 후, 레너드가 광적으로 활동하는 바람에 자신이 "영국 총리의 청소부"처럼 느껴졌다고 불평했다.

블룸즈버리 그룹의 모든 멤버들은 그들이 본 바 그대로, 나치당이 가한 개인적, 지적 자유에 대한 위협으로 인해 심하게 흔들렸다. 하지만 그들은 제1차 대전의 시기를 살아보았기 때문에 제2대 대전에서 단호히 평화주의를 견지한 사람들과, 전쟁의 위협에 압도당한 나머지 전쟁을 피할 길이 없다고 느낀 사람들로 나뉘었다. 그것은 실제 울프 부부 사이에도 상당한 분열을 초래했다. 로즈 매콜리(Rose Macaulay, 1881~1958, 소설가)는 "버지니아는 평화를 지지하고 레너드는 전쟁을 지지하고 있다."고 기록했다.

버지니아의 남편은 후에 그녀를 "전혀 정치적이지 않은 사람"

이라고 표현했다. 이것은 그녀에게 끈질기게 따라붙는, 비현실적이고 세상 경험이 부족한 사람 같다는 이미지의 한 단면이지만, 후대의 비평가와 전기문학 작가들이 항상 동의하는 것은 아니다. 그러나 버지니아는 적어도 글쓰기에서는 갈수록 더 정치적으로 되어갔다. 작가로서의 그녀는 전쟁의 위협과 맞닥뜨리자 소설의 장르에서 벗어나는 경향을 보였다. 남성이 지배하는 영역인 정치와 공공의 활동 영역에서 소외된 여성의 존재는 그녀의 다음 책 《3기니》의 주제라고도 할 수 있다. 이 책은 전쟁으로 치닫는 세계, 그리고 가부장제의 지배를 받는 여성 세계 사이의 유사점을 그렸다. "그들은 둘 다 독재자들의 목소리가 아닌가, 그들이 영어로 말하든 독일어로 말하든." 그녀는 새로운 전쟁이 정말로 문명의 종말을 의미하는지를 논한 다음, "내게 반대하는 모든 신사 양반들"에 주목하게 된다.

1938년 여름 버지니아는 비타에게 새로 나온 《3기니》 한 권을 보냈다. 버지니아는 이 책이 분열을 초래하리라는 것을 내내 알고 있었고, 여러모로 이러한 상황을 즐겼다. 하지만 그녀에게 동조하거나 반대하는 의견이 있었고, 비타가 그 책의 내용 중 "오해의 소지가 있는 논거"에 대해 불만을 표하자 버지니아는 예외적으로 예민하게 반응했다. 두 여자 모두 멈칫했고, "그러니까 용서하고 잊어."라고 버지니아가 말했다. 1938년 호가스 프레스에서 출간한 비타의 시 《고독Solitude》은 다른 '손쉬운 싸구려 사랑'을 자신과 버지니아가 나누었던 것과 맞대어 비교하는 듯하다. 비타는 여

시싱허스트에서 켄트개암나무 숲을 발견하고 비타와 해럴드는 그 땅을 사기로 마음을 굳혔다. 고사리, 화이트 블루벨, 유포르비아 등이 켄트개암나무 숲 아래에서 막 망울을 터뜨리고 있다. 비타가 살았을 때는 나무 주위가 온통 화려한 수선화 꽃밭이었다.

전히 버지니아를 "지극히 가볍고 여린 몸매에 갈색 털모자를 쓰고 있으면 정말 아름답다."고 여겼다.

어쨌든《3기니》에서 버지니아는 "소외자들의 사회"*를 제안하고, 자신이 말하는 바를 겉옷 벗어버리기**로 표현했다. 그녀는 자신이 이제 더이상 유명하지도 않고, 더이상 중요한 지위에 있지도 않고, "영원히, 나 혼자"라고 느꼈다. 그녀는 "그대로 받아들이든가 싫으면 말든가"라고 말했고, 아무것에도 얽매이지 않았으

---

* 버지니아 울프는《3기니》에서 여성이 전쟁 방지에 일조하기 위해서는 제대로 된 교육과 경제적 독립, 그리고 익명성과 무관심이 바탕이 되는 아웃사이더가 되어야 함을 강조한다.(—옮긴이)

며, 아무것도 두려워하지 않았다. 해방감, 슬리퍼를 신고, "쉰여섯의 나이에 내 맘대로 참신한 모험에 나서고." 그녀는 호가스 프레스의 직원 존 레만에게 자신의 소유인 출판사 지분의 절반을 팔았다. 지금 벌어들이고 있는 돈 못지않게, 그 돈을 벌기 위해 애쓰는 일에서 벗어나고도 싶었다. 하지만 오랫동안 끌어온 로저 프라이의 전기는 끝없이 문제를 일으켰다. 자유롭게 날아다니고, 전기 문학의 새로운 틀을 창안하기를 꿈꿨던 버지니아는 그러기는커녕, 자기도 모르는 사이에 사람들이 말하는 사실과 연구자료의 바다에 빠져들었고, 로저 프라이 유족들의 사전 검열로 인해 제약을 받았다. 그리고 정치적인 상황도 피할 수 없었다. 1938년 8월 버지니아의 일기장 내용: "체코(당시에는 체코슬로바키아)에서 한 발자국만 실수하면 1914년 오스트리아 대공의 사건과 같은, 그 1914년이 다시 돌아온다. 딩동 딩동―한판 붙기." 버지니아는 바네사에게 런던에서는 거리에 모래주머니를 쌓고, 사람들에게 방독면을 나눠주고 있다고 전했다.

9월에, 영국 총리 네빌 체임벌린Neville Chamberlain이 "우리 시대의 평화"를 연설함으로써 전쟁의 위험이 모두 사라지는 듯했다. 그러나 조용하지만 신념이 강하고 유화정책 반대자인 해럴드 니컬슨은 그것을 일시적인 휴지기로 생각했다.

** 마가복음 10장 50절에 나오는 내용으로, 예수를 만나 믿음으로 눈을 뜬 맹인 거지 바디메오는 자기의 가장 귀한 재산인 겉옷까지 벗어버리고 뛰어 일어나 새로운 삶을 시작한다.(―옮긴이)

정치 상황이 어두워지자, 1930년대 말 과일이
무르익은 시싱허스트는 피난처처럼 보였다.

시싱허스트 정원은 새로 심은 루피너스(lupin, 층층이부채꽃―옮긴이)와 버드나무가 자라면서 계속 나아지는 모습을 보이고 있었다. 니컬슨 부부는 자선기금 모금을 위해 대중에게 가끔 정원을 개방하기 시작했고, 시싱허스트 스타일은 가드닝의 역사에 자신만의 길을 만들기 시작했다. 1939년 4월 9일, 해럴드와 비타는 코티지의 정원, 그 경계와 과수원에 일년생 식물들을 심으며, "우리는 갈퀴로 흙을 부드럽게 덮었다. 갈퀴질을 하면서 우리는 둘 다 '이 씨앗들이 싹틀 때 세상에 무슨 일이 일어날까? 날씨가 따뜻하고 고요하겠지.'라는 생각을 하고 있었다." 버지니아는 일기에 모든 나라가 "동시에 똑같은 일―끔찍한 전쟁―을 생각하고 있었다."고 썼다.

8월 29일, 버지니아는 로드멜의 멍크스 하우스에서 비타에게 편지를 보냈다. "또 평화로운 하루―가드닝, 크리켓 하기, 라디오 듣기, 요리하기." 그 전날 버지니아는 일기에 이렇게 적었다. "비타는 공포와 두려움을 일찍 감지하고, 몇 번 반복되다가 서서히 가라앉는다고 말한다. 우리에게 그것은 어느 작은 섬에 있는 것과 같다."―'어마어마한 추위와 어두움', 그리고 병원 대기실에 있을 때 같은 긴장감. "우리 개인적으로는 아주 만족스럽다. 매일매일이 축복받은 나날들… 어떻게 전쟁통을 헤쳐나가나?―그것이 문제다."

각 개인이 어려워지자 공공의 어려움은 더욱 커졌다. 8월에 울프 부부는 임대 기간이 15년이나 남은 태비스톡스퀘어에서 메클렌버그 37번지로 이사했다. 그해 봄 버지니아는 어쩌면 상처가 도질 수 있는 《지난날의 스케치Sketch of the Past》를 쓰기 시작했다. 그녀는 제럴드의 성적인 학대와 죽은 오빠 토비와의 깊은 정서적 관계에서 생긴 감정이 너무도 "어이없이 뒤얽혀 있어" 그것을 어떻게 풀어내야 할지 알 수 없었다.

1939년 9월 1일 해럴드는 사우스 코티지의 문 앞에 놓인 덱 체어에 앉아 있었다. 그의 눈은 푸크시아(fuchsia, 바늘꽃과의 남아메리카산 소관목—옮긴이)와 백일홍에 머물러 있었지만, 한쪽 귀는 전화기에 고정되어 있었다. 비타가 코티지 가든으로 들어오는 것이 보였다. "(전쟁이) 시작됐어요." 그녀가 말했다.

07

⋮ 1939~1943 ⋮

전쟁이 선포되기 이틀 전인 1939년 9월 3일이었다. 그날도 시싱 허스트의 호수에 멱을 감으러 갔던 해럴드는 백조들의 무관심이 새삼 놀라웠다. 당시는 포니 전쟁Phoney War이라고 불리던 시기 로, 영국이 실제 전투에 들어가기 전 8개월간의 휴지기였다. 신 임을 잃게 된 네빌 체임벌린을 대신하여 윈스턴 처칠이 취임한 1940년 5월에 해럴드는 정보부 정무차관으로 임명됐다. 적의 침 공에 대비해 대 국민 공보 업무를 총괄하는 자리였다. 전쟁이 실 제 전투로 이어질 확률이 상당히 높은 시기였다.

니컬슨 부부는 전쟁에서 패배할 가능성이 있는지, 만약 그렇게 된다면 "미리 항복하기"—자살—가 더 좋은 선택이 아닌지에 대 해 의논했다. 5월 26일 해럴드는 비타에게 편지를 보내 독일군이

침공해서 시싱허스트를 점령하게 될 경우를 대비해 '칼'을 손이 닿는 데 두라고 했다. "그래야 필요할 때 끝장낼 수 있지. 나도 하나 가지고 있겠소." 그는 의사인 친구에게 조언을 구하겠다고 말했다. 그리고 붙잡혔을 때 자살하기 위해 실제로 극약을 입수했다.

울프 부부도 당시 정신과 군의관이었던 버지니아의 남동생 에이드리언 스티븐에게서 치사량의 모르핀을 구했다. 그리고 레너드는 개스로 자살할 것을 대비해 휘발유를 차고에 비축했다. 레너드와 버지니아는 자신들의 이름이 히틀러의 '살생부'에 올라 있다는 것을 알 수 없었지만 레너드는 두말할 나위 없이 유대인이었다.

버지니아는 여전히 "한낮에 잠자리에 드는 것"이 싫다고 했다. 하지만 그녀는 전쟁이 일어났을 때 쓴 일기에서 그녀 인생에서의 최악의 경험은 이것이라고 말했다. "모든 창의력이 꺾인다." 그녀의 조카딸 안젤리카에게 쓴 편지에서는 "굴 속의 쥐가 우리처럼 산다."라고 쓰기도 했다. 전쟁이 시작되자 버지니아는 멍크스 하우스에 틀어박혔다. 런던에 가면 우울하기만 했다. "런던은 그저 일하는 사람들이 사는 집들만 빼곡한 곳이 되어버렸다. 거기에는 사교도, 호화로움도, 기품도, 어슬렁거리는 사람도, 바쁘게 걷는 사람들도 없다."

전쟁이 발발하기 몇 달 전 버지니아는 나치 정권을 피해 런던

---

* 호가스 프레스에서는 지그문트 프로이트의 번역서 전집을 출간했다.(―옮긴이)

멍크스 하우스에 있는 버지니아의 침실은 정원에서 곧바로 드나들 수 있었다. 벽난로 주위의 타일들은 버지니아를 위해 바네사가 꾸며 준 것이다. 버지니아는 침대 옆 나이트 테이블에 늘 연필과 메모지를 두고 밤에 떠오르는 생각들을 기록했다.

에 온 지그문트 프로이트를 만났다.* 곧 그녀는 프로이트의 작품들을 읽기 시작했다.《지난날의 스케치》를 쓰기 위해 과거를 돌아보며 아버지와의 관계를 곱씹어보던 시점이었기에, 버지니아는 그의 이론들에서 '감정의 혼란'을 느꼈다. 인류는 절대 공격성을 없애지 못할 것이라는 프로이트의 냉혹한 선언은 마치 버지니아에게 광기가 다시 재발할까 두려워하는 마음에서 절대로 벗어날 수 없다고 말하는 것 같았다.

그녀에게는 전업 작가로서의 삶이 걱정의 원인이었다. 대중이 여전히 책을 사 볼 것인가? 1940년 여름《로저 프라이Roger Fry》가 나왔으나, 대중의 반응은 '완전한 침묵'이었다. 결국에는 팔리겠

버지니아는 멍크스 하우스의 정원을 "더없이 알록달록한 사라사 무명"이며, 꽃들은 "천성대로 꼿꼿하게 서 있다"고 묘사했다.

지만, 블룸즈버리의 '엘리트'(《스펙테이터》가 표현한 대로) 세계가 관심 밖의 존재가 되어간다는 인식이 있었던 듯하다. 예술사학자로서의 경력이 참전으로 단절되고 지금은 버지니아에게 편지를 쓰고 있는 비타의 아들 베네딕트를 비롯한 일부 사람들에게, 이 책은 상아탑 안에 숨어 가혹한 삶에서 정서적으로 도피하는 사람의 초상화처럼 보였다. 버지니아는 자신에게도 이와 똑같은 비난이 쏟아지고 있다는 것을 짐작할 수 있었다. 덩케르크 해변에서 살아나온 사람들 가운데 한 명이었던 버지니아네 가정부의 남동생이 멍크스 하우스의 문 앞에 탈진해 쓰러져 있는 것이 발견되었을 때는 또 다른 현실이 가슴을 찔렀다.

버지니아는 친구들에게 힘을 돋우는 편지를 써서 보내느라 무척 애를 썼다. 그 바람에 비타는 버지니아가 생을 마감하기 며칠 전에 재미있는 편지 한 통을 받게 되었다. 버지니아와 비타가 살던 곳이 남쪽 해안과 아주 가까워서, 그해 여름 내내 두 사람은 머리 위에서 벌어지는 공중전을 견뎌야 했고, 1940년 가을로 예상된 침략의 길목에 있었다. 8월 마지막 날에 쓴 버지니아의 일기에는 시싱허스트 주변에 폭탄들이 떨어지는 동안 자신이 곧 금방이라도 죽을 것 같다고 느꼈던 비타와의 통화 내용이 적혀 있다. "저 소리 들려? 라고 그녀가 말했다. 아니, 못 들었어. 또 들리잖아. 또 들리잖아. 비타는 정신이 없는 사람처럼 구급차를 운전하기 위해 기다린다는 말을 계속 반복했다." 수화기를 내려놓은 버지니아는 비타에게 편지를 썼다. 사실상의 작별 인사였다. "당신

런던으로 돌아온 버지니아는 폭격으로 무너진 건물들과 야간 공습을 피해 지하철역으로 대피하려고 온종일 줄을 서 있는 사람들로 혼란스러운 런던의 상황을 묘사했다.

은 나에게 너무나도 많은 행복을 주었지."

9월 11일 버지니아는 처칠의 연설을 듣고 침략이 "어쨌든 다음 2주 내에는 분명히 이뤄질 것"이라는 사실을 알았다고 기록했다. 도로는 대형 트럭, 군인, 기계장치 들로 가득했다. 폭탄이 크리켓 경기장에도 떨어졌다. 한번은 폭탄이 집 가까이에서 떨어진 것도 모르고, 버지니아는 레너드가 창문을 세게 닫아서 나는 소리려니 생각하고 그에게 잔소리했다.

"아, 나는 사람이 어떻게 폭격으로 죽는지 상상해보려고 한다."고 버지니아는 다음 달의 일기에 기록했다. 그녀의 눈과 머릿속에

1931~1962, 모든 정열이 다하다

버지니아는 테비스톡스퀘어의 집에서 사진작가 지젤 프로인트Gisele Freund가 사진을 찍겠다는 걸 처음엔 거부했다. 버지니아는 "하찮고 저속한 사진 광고로 사람들의 이목을 끌려는 짓"이라 고 험악하게 말했다.

뼈가 으스러지는 장면이 떠오른다. "흐르는 한 줄기 피. 의식을 붙잡으려는 몸부림으로 두어 모금의 피를 목으로 넘긴다. 그러고 는 점 점 점."

메클렌버그스퀘어 37번지의 집은 매입을 하고 딱 1년이 지난 1940년 9월 폭격을 당했다. 울프 부부가 런던에 와서 보니 "창문 에는 카펫을 못질해놔서 어두웠고, 천장은 여기저기 내려앉았고, 주방 테이블 아래에는 회색 먼지에 덮인 그릇들이 쌓여있었다." 한 달 뒤에는 테비스톡스퀘어 52번지가 폭격을 당했다. 버지니아 의 일기에는 그녀와 레너드가 10월 18일에 런던으로 가서 본 것들에 관한 기록이 있다. "잔해의 더미… 파편들이 흩어진 자리는 내가 그 많은 책을 썼던 곳이다. 우리가 탁 트인 하늘 아래에서 수많은 밤을 지새웠고, 많은 파티를 열던 곳이었다." 몇 주 후 그들은 메클렌버그스퀘어의 집에 남아 있던 소유물들을 챙길 수 있었다. 작은 차에 무엇을 싣는 게 가장 좋을 것인지 고민하면서 그들은 버지니아의 일기장 24권과 바네사가 그림을 그려준 접시 등을 챙겼다. 버지니아는 소유물이 줄어드는 것의 즐거움, 빈손으로 자유롭게 삶을 시작하는 것이 얼마나 평화로울 것인가에 대한 레너드의 말에 동조했다. 하지만 사실은 런던에서 쓰던 때 묻고 흠집난 물건들 때문에 작고 추운 멍크스 하우스가 더 '비좁고 지저분'해졌다. 로드멜 사교계는 결코 마음에 맞지 않을 것 같았지만, 이제는 다른 어떤 곳도 그녀에게 열려 있지 않았다. 그 추운 겨울, 버지니아와 레너드는 그녀의 집필실을 데울 충분한 연료가 없었다. 버지니아에게는 더이상 '자기만의 방'이 없었다.

 버지니아와 비타의 편지에서는 전쟁이 시작된 이래로 비타가 그들의 전쟁심리학이라고 불렀던 것에 대해 의견을 주고받고 있었다. 비타는 두 사람 중 버지니아가 더 용감하고, 적어도 두려움에 대해서는 더 냉철하다고 생각했다…. "나는 당신만큼 사랑하지 않는 사람에게는 이런 말 못 해요." 버지니아는 자신이 냉철하기보다는 무감각했다고 답장을 썼다. 하지만 자신이 "사랑을 나누는 모습을 지켜 보고 싶었던 젊은이들이 싸우러 나가고 없다는 사실에 말로 표현할 수 없는 분노"에 빠져 있다는 걸 버지니아는

이 무렵 버지니아를 만난 어떤 이는 버지니아가 꾸는 꿈의 흔적들이 얼굴에 나타나는 것 같다고 말했다.

알고 있었다. 비타는 요즘에는 내게 "실제로 소식을 주고받고 있다는 느낌이 드는 사람이 거의 없지만, 당신과는 확실히 닿아 있다는 걸 알겠어요."라는 답장을 보냈다. 전쟁이 시작된 초기에 비타는 로드멜의 울프 부부를 방문했고, 버지니아가 "예상대로 정신적으로는 불행해도 신체적으로는 건강"하며, 매우 상냥하고 다정한 모습이었다고 했다.

비타는 여성 향토군(the Women's Land Army, 제1차/2차 세계대전에서 전선에 나간 남성을 대신해 농업을 담당하기 위해 만들어진 민간조직—옮긴이)과 더불어 전시 업무를 수행하고 그 조직에 관한 책을 쓰게 되었다. 하지만 그녀 역시 시싱허스트에서 끊임없는 사람들과의 '질문, 책임, 주장들'에 치여 힘든 삶을 살고 있었다. "목련꽃 같은" 흰비둘기들은 떠나갔지만, 그녀의 작은 앵무새에게 줄 모이가 하나도 없었다. 탑을 정찰 초소로 사용하던 경비병들은 낙하산병들뿐만 아니라 군인을 실은 독일 비행기가 시싱허스트의 들판에 착륙하는지 감시하고 있었다. 그 무서웠던 1940년의 여름, 남부 지역의 모든 민간인에게 소개령이 내려질 것이라고 걱정하던 가운데, 해럴드는 비타에게 여차하면 이동할 수 있도록 차에 휘발유를 채워 두라고 말했다.

비타는 그녀의 유언장과 보석들을 안전한 지역으로 보낸 다음, "내가 보낸 유일한 다른 보물은《올랜도》의 원고였다."고 버지니아에게 말했다. 그 둘은 휘발유 배급 제도에도 불구하고 가끔씩 만나기 위해 애를 썼다. 비타가 버지니아에게 보낸 어떤 편지에는 버지니아와의 우정은 여전히 "내 인생에서 가장 중요한 것 가운데 하나"라고 적혀 있다. 1940년 10월 10일 비타는 버지니아를 방문해서 얼마나 즐거웠는지 편지에 썼다. "달링, 당신과 함께 행복한 시간을 보내게 해줘서 감사한 마음이에요. 당신이 알고 있는 것 이상으로 당신은 내게 커다란 의미를 지닌 존재랍니다." 그리고 버지니아도 일기에서 같은 이야기를 하고 있다. "모든 것이 아주 편안하고 만족스럽다…. 우리의 사랑이 이렇게 비바람을 잘 견뎌내고 여기까지 올 수 있어서 기쁘다."

하지만 비타에게 전쟁의 첫 18개월은 개인적인 비극의 시기이

1931~1962, 모든 정열이 다하다

기도 했다. 1940년 10월, 힐다 매터슨이 갑상선 수술로 사망하자 도티 웰즐리(비타와의 관계가 끝났을 때 힐다에게 돌아선 인물)는 슬픔으로 갈피를 못 잡는 상태가 되었다. 비타에게는 저녁 시간에 셰리주를 많이 마시는 습관이 생겼다. 다음 해에 그녀의 큰아들 벤은 동생 나이절에게 어머니가 술에 취하는 '나쁜 쾌락'에 빠진 것에 대해 편지를 썼다. 그녀에게 '때 이른 노망'이 왔다는 것이었다.

1940년에서 1941년으로 해가 바뀌며 비타 또한 버지니아에게 편지를 쓴다. 바이올렛 트레퓨시스라는 존재를 통해 "나의 과거가 떠오르고 나 자신을 직시하게 되었어요." 바이올렛 트레퓨시스와 함께 자기가 살고 있던 나라에서 도망쳤던 건 "정말 한심한 일이었죠…. 집과 소유물들이 다 사라지고, 너무 허망해요." 비타는 바이올렛에게 자신들이 서로를 향해 늘 지니고 있던 사랑은 '불발탄'이었다는 편지를 쓰면서도, 만남에 대해서는 경계하고 있었다. 바이올렛과 다시 사랑에 빠지기는 싫었다.

이에 대한 답장에서 버지니아는 바이올렛이 "새끼 여우처럼 모든 향기와 유혹"을 기억하고 있을 거라고 말했다. 그런데 그 암담했던 겨울, 홍수로 우즈 강이 둑을 넘어 범람한 바람에 로드멜은 고립되었다. 멍크스 하우스의 버지니아는 자신에게 너무도 중요한 의미를 지닌 런던의 모든 것으로부터 단절되었다. 1월 말에, 그녀의 일기에 나타나 있듯, 버지니아는 우울증과 싸우고 있었다. "이 절망의 나락은 결코 나를 집어삼킬 수 없을 거야, 맹세해도 좋아. 고독은 위대하지. 로드멜에서의 삶은 정말 보잘것없다. 집은 눅눅하고, 깔끔하지 못하다. 그런데 다른 선택지는 없다. 내게 필요한 건 예전의 막판 힘내기야." 2월 17일 비타는 로드멜을 다시 방문했다. 난로 불쏘시개를 선물로 들고. 그들은 절실하게 부족한 소먹이용 건초, 굶어 죽을 것 같은 비타의 작은 앵무새들에 관한 내용의 편지들을 몇 통 더 주고받았다.

《막간Between the Acts》을 끝내면서 버지니아는 자신이 누구를 위해 글을 쓰고 있는지 더이상 모르겠다는 생각이 들었고, "로드멜에는 아무런 메아리가 없고 오로지 오염된 공기만 있다."는 느낌이라고 말했다. 파시즘에 위협받고 있는 당시의 영국 역사를 말해주는 야외극이 유서 깊은 시골 대저택 마당에서 펼쳐지는 장면을 묘사하고 있는 이 책은 《올랜도》라는 동전의 뒷면 같은 작품으로 볼 수 있다. 어느 비평가는 역사상 가장 긴 자살 유서이며, 또 누군가는 비타 앞으로 보낸 유서라고 했다.

3월 8일, 버지니아의 일기는 여전히 그녀가 굳게 결심하는 모습을 보여준다. "오, 이런, 그래. 나는 반드시 이 안 좋은 기분을 몰아내고 말겠어. 사물의 순서가 박자가 딱딱 맞아떨어지게 차례대로 오게 할 수 있을지가 문제야. 이제 대구 요리를 해야겠다." 그러나 열흘 뒤 그녀는 평소대로 산책을 갔다가 흠뻑 젖은 채 돌아와서는 도랑에 빠졌다고 말했다.

버지니아는 두통과 불면증에 시달렸으며, 먹기를 거부했다. 그녀는 손을 떨었고, 말을 할 힘을 잃은 채, 자신의 최근 소설이 좋지 않다고 확신했다. 3월 27일, 레너드는 한사코 버지니아가 브라이턴에 자리를 잡은 친구이자 가족의 지인인 옥타비아 윌버포스 박사에게 진료를 받도록 했다. 버지니아는 그녀에게 당시의 치료법인 휴식 요법을 고집하지 말아 달라고 애원했다. 하지만 윌버포스 박사에게는 그것 말고는 다른 처방이 없었다. 다음날인 3월 28일, 버지니아는 코트와 지팡이를 들고 정원 문을 나서 우즈강을 향해 걸어갔다. 점심시간에 레너드는 2층 거실 벽난로 선반 위에서 버지니아가 자신과 바네사에게 남긴 쪽지를 발견했다.

"자신이 가장 사랑하는" 레너드에게 버지니아는 자기가 다시 미쳐 가는 것을 분명히 느끼고 있으며, 그들은 또다시 그런 끔찍한 시간을 겪을 수는 없다고 썼다. 그녀는 계속 사람 목소리가 들려 집중할 수 없었고, 그래서 그녀는 최선이라고 생각되는 길을 선택하고자 했다. 그녀는 레너드에게 단언했다. "당신은 내가 바랄 수 있는 가장 큰 행복을 주었고, 지금까지 모든 면에서 최고였다."고. 두 사람은 더이상 행복할 수 없었다. "이 끔찍한 병이 찾아오기 전까지는… 내 인생의 모든 행복은 당신 덕분이었어요."

바네사에게 남긴 쪽지에도 동일한 주제를 담았다. "이번에는 돌아오기에 너무 멀리 갔다는 느낌이 들어…. 맞서 싸워보려고 발버둥쳤지만, 더이상은 못 버티겠어."

레너드에게 버지니아가 싫어하는 치료 방법을 강요했다는 비난이 쏟아졌다. 버지니아가 자신의 과거, 그녀에게 나타나는 유령에 대해 말하려고 하자 윌버포스 박사가 "허튼소리"라고 일축했던 것이 하나의 예라고 할 수 있다. 하지만 바네사 역시 편지로 버지니아를 다그쳤다. "지각 있게 굴어야지…. 레너드와 내가 너보다 더 잘 판단할 수 있다는 사실을 네가 인정해야 한다는 말이야…. 네가 무력한 환자가 되면 우리가 침공을 당했을 때 어떻게 할 수 있겠니?" 바네사는 자신의 여동생을 이렇게 오래 살아남게 해준 레너드의 사랑에 감사하다고 말했다.

레너드는 버지니아가 미쳐 가는 것이 두려워 자살했다는 설명을 언론에 써 보내야 한다는 것을 깨달았다. 버지니아의 죽음은 그녀가 전쟁을 치르기에는 너무 약해서, 그리고 "하던 일을 계속할carry on*" 수 없었기 때문이 아니었다. 사실 버지니아는 전쟁에서 도망친 것이 아니었다. 그녀는 응급처치 교육을 받았고, 녹여서 군수용품을 만들 냄비를 보냈으며, 멍크스 하우스에서 점심식사를 하던 중 첫 독일군 비행기가 머리 위로 날아왔을 때는 충격에 대비한 자세를 취했었다. 그러나 지나치게 자기방어적인 레너드의 주장은, 그즈음 많은 이들이 죽음의 문턱에서 살고 있었다는 사실을 간과하게 만든 측면도 있다.

레너드는 3월 28일 저녁, 비타에게 편지를 보냈다. 그녀가 "버지니아에게 일어난 끔찍한 일"을 신문이나 라디오를 통해 (에이드리언 스티븐이 그랬던 것처럼) 알게 되기를 원하지 않았기 때문이었다.

그는 비타에게 기본적인 사실을 알려 주었다. 버지니아가 유서

---

* 제2차 세계대전 중 영국 본토가 나치로부터 폭격을 당하자 영국 정부가 "평정심을 유지하면서 하던 일을 계속하라Keep Calm and Carry on"고 했던 말을 빗댄 표현.(—옮긴이)

버지니아는 종종 멍크스 하우스 뒤편의 목초지를 가로질러 우즈강을 따라 멀리까지 산책을 했다. 그녀는 텅 빈 풍경에서 자신의 마음이 자유롭게 유영할 수 있다고 썼다. 그러나 결국 우즈강은 그녀가 목숨을 버린 곳이 되었다.

를 남기고 나갔다는 것, 그가 강에 떠있는 그녀의 지팡이를 발견했기에 그녀가 투신했을 것으로 생각한 것, 시신은 발견되지 않았다는 것…. 레너드는 비타의 마음을 너그러이 헤아려 덧붙였다. "버지니아에 대한 당신의 마음이 어떠했는지 알기에, 지금 어떤 마음일지도 압니다. 그녀는 당신을 무척 좋아했지요. 그녀에게 최근 며칠은 지옥에서 보낸 나날들이었습니다."

시싱허스트에서 비타가 해럴드에게 편지를 썼다. "방금 너무도 슬픈 소식을 들었어요. 버지니아가 자살했대요."

"도저히 이 사실을 받아들일 수가 없어요. 그 사랑스러운 마음, 그 아름다운 영혼. 게다가 내가 마지막으로 그녀를 봤을 때는

비타와 버지니아

너무 잘 지내고 있는 것처럼 보였는데….” 해럴드는 그녀와 함께 있어 주려고 저녁에 왔다. 그렇지만 두 사람은 버지니아의 이름을 전혀 입 밖에 내지 않았다. 나중에 해럴드는 그때는 도무지 어떤 말도 할 수 없었다고 고백했다. 며칠 후 해럴드가 비타에게 편지를 썼다. “사랑하는 비타, 난 버지니아가 당신에게는 그 누구도 결코 대신할 수 없는 사람이라는 것을 알기에, 보이지 않게 당신에게 위안을 주고 힘을 불어넣어 주는 안식처와 같은 존재를 잃어버린 당신의 심정 또한 잘 알고 있소.”

그러나 비타가 해럴드에게 보내는 편지는 이 지점에서 그녀의 “이중인격”에 대한 그의 염려를 표현하는 해럴드로부터의 편지와 겹쳐진다. “한 면은 상냥하고 현명하고 책임감이 있는 사람. 그리고 다른 면은 다소 잔인하고 사치스러운 사람인 비타….” 해럴드는 비타가 술을 마시는 것을 대놓고 질책하지는 않았다. 하지만 최근에 집에 왔을 때 아끼던 셰퍼드개 한 마리를 어쩔 수 없이 안락사를 시켜야 해서 심란한 나머지 제정신이 아닌 비타의 상태를 보고는 심각하게 걱정하지 않을 수가 없었다.

버지니아가 사라진 당일 멍크스 하우스에 달려온 바네사도 그 다음 날인 3월 29일 비타에게 편지를 보냈다. “어떻게든 연락을 하고 싶었어요. 가족 이외에 버지니아가 가장 사랑한 사람은 오로지 당신뿐이라고 생각하기 때문입니다.” 비타는 31일에 답장을 보내, 버지니아의 남편과 마찬가지로 버지니아의 언니까지도 비통함 속에서 자신을 생각해 주어 감사하다는 말을 전했다. “내가 할 수 있는 게 아무것도 없다는 걸 잘 알지만, 뭔가 할 수 있는 일이 있으면 좋겠어요. 하지만 당신을 가끔 볼 수 있다면 정말 감사한 일이겠지요. 너무 이기적인 일일까요? 당신이라면 그렇게 생각지 않을 거예요. 내가 그녀를 얼마나 사랑했었는지 당신은 알고 있으니까요." 그리고 레너드에게도 편지를 썼다. "내가 이제까지 안 가장 아름다운 마음과 영혼을 가진 사람이지요. 그녀를 사랑했던 세상과 그녀를 사랑했던 우리에게 그녀는 영원한 불멸의 존재입니다…. 당신이 얼마나 힘들지, 정말 주체할 수 없는 슬픔을 느낍니다. 저 역시 결코 회복될 수 없는 큰 상실감에 빠져 있습니다."

비타는 해럴드에게 평생 그 빈자리는 채워지지 않을 것이라고 말했다. 몇 년이 지난 후에도 그녀는 해럴드에게 이런 편지를 쓴다. "나는 지금도 내가 거기 있었더라면, 그리고 그녀의 마음이 어떤 상태로 빠져들고 있는지 알아챘더라면, 그녀를 구해냈을지도 모른다고 생각해요." 하지만 그러한 생각은 흔히 볼 수 있는 잘못된 생각일 수도 있다. 4월 8일 그녀는 바네사와 레너드를 방문하기 위해 로드멜에 가서는 버지니아의 바느질감이 여전히 의자에 놓여 있는 것을 발견했다.

버지니아는 4월 18일이 되어서야 발견되었다. 그녀의 시신은 강굽이에 걸려 있었다. 비타는 기시감을 느끼고 섬뜩해졌다. "버지니아의 시신이 바다로 떠내려가고 있다는 생각과 일치하는 뭔가가 있다고 느꼈다." 하지만 비타는 버지니아의 시신이 (브라이턴에서 레너드가 참관한 가운데) 화장된 것이 기뻤다. "불꽃으로 태우는

스티븐 톰린이 1931년에 제작한 버지니아의 흉상. 그녀는 매일 오후 6시에 그를 위해 앉아 있노라면 "구부려 놓은 코르셋이 된" 느낌이 든다고 투덜댔었다.

1931~1962, 모든 정열이 다하다

건 정말 깔끔한 방식이야…. 난 벌레보다는 불꽃이 더 좋아!"

레너드는 버지니아의 재를 멍크스 하우스의 정원에 있는 커다란 느릅나무 아래에 묻었다. "가지들이 서로 얽혀 있는 그곳의 큰 느릅나무 두 그루를 우리는 늘 레너드와 버지니아라고 불렀다." (1943년 1월 강풍이 몰아쳐 한 그루가 쓰러졌다. 다른 한 그루 역시 그 뒤에 사라졌다.)

버지니아의 죽음에 대한 소식을 처음 들었을 때, 비타는 레너드도 자살하지 않을까 두렵다고 해럴드에게 말했다. "난 레너드가 그녀 없이 혼자 사는 모습을 정말 못 보겠어요." 하지만 이런 걱정들은 근거가 없었다. 레너드의 첫 번째 임무는 버지니아의 마지막 작품인 《막간》의 편집을 끝내고 출판되기까지 지켜보는 것이었다. 물론 그는 계속해서 집필하고 방송 활동도 했지만, 물론 버지니아의 문학적 유산의 관리자로서 그 후로 몇 년 동안 장기적으로 연속해서 그녀의 에세이와 소설, 일기를 펴냈고, 그녀의 인생과 지론에 대해 물밀듯 몰려드는 학자들의 끝없는 질문에 답을 했다. 하지만 개인적으로는 1943년부터 세상을 떠날 때까지, 남아프리카 태생의 영국인 일러스트레이터 트레키 파슨스(출판사인 샤토 & 윈더스Chatto & Windus의 회장과 행복한 결혼생활을 함)와 친구이자 이웃이 되어, 런던과 멍크스 하우스 사이를 오가며 지냈다.

레너드는 니컬슨 부부와 직업적으로는 견해차를 보였음에도 불구하고 한결같이 친근한 관계를 유지했다. 버지니아가 죽은 지 1년 만에 그는 호가스 프레스의 직원이자 동업자인 존 레만의 고

레너드 울프는 버지니아가 죽은 뒤에도 오랫동안 멍크스 하우스에서 살았다. 그의 흉상은 지금 그곳 정원에 있는 버지니아의 흉상 가까이에 서 있다.

집을 이기지 못해 히틀러에 대한 기괴한 이야기인 비타의 소설 《그랜드 캐니언Grand Canyon》의 출판을 거절했다. 그는 한숨을 쉬었다. "내 마음이 비타와 업무 사이에서 갈피를 못 잡는구나." 비타는 두 번 다시 호가스 프레스에서 출판하지 않았다. (이런저런 과정을 거쳐 호가스 프레스는 1946년 샤토 & 윈더스에 합병되었다.)

레너드는 나중에 회고록에서 비타는 "조금도 상처받거나 원망하지 않았고, 그녀와 우리 사이의 관계가 조금도 달라지게 하지 않았다는 점에서 정말 그녀다웠다."고 썼다. 레너드에 따르면, 비타는 늘 출판사의 이상적인 작가였다. 하지만 실제로는 울프 부부와 니컬슨 부부 사이의 중요 연결 고리가 사라졌다. T. S. 엘리엇이 이를 정확하게 지적했다. 그의 말에 따르면 버지니아는 "많

1931~1962, 모든 정열이 다하다

은 사람들을 하나로 묶어주는 핀pin 같은 존재였다…. 이들은 이제 별개의 사람들이 되었다."고 말했다. 이것이 아마도 블룸즈버리 그룹의 마지막이었을 것이다. 버지니아와 마찬가지로 아주 힘 있는 유령이 되겠지만.

08

⋮ 1943~1962 ⋮

버지니아가 세상을 떠나던 해 7월에 해럴드 니컬슨은 전시 연립 정부의 직위에서 해임됐다. 그 직위에서 어떤 잘못을 해서가 아니라, 그의 아들 니컬슨이 말한 대로, 그는 "거물이 아니었기에 없어도 되는 존재로 여겨졌기" 때문이었던 것 같다. 그는 여전히 국회의원은 물론 BBC의 이사였고, 드골과 프랑스 망명정부와의 선을 유지하기 위한 비공식 외교관 역할도 권유받았다. 하지만 그는 더 올라가지 못한 것에 아쉬움을 느꼈다.

버지니아가 떠나간 후 6개월 동안 비타의 일기 역시 고통스러운 내용이 가득했다. "나 혼자 여기에. 버지니아에 대한 갑작스러운 그리움. 별로 좋지 않아." 해럴드가 돌아오고, 1943년 들어 두 명의 테레사 성녀에 관한 책《독수리와 비둘기The Eagle and the

비타가 사랑한 놀조차도 전쟁을 피해 갈 수는 없었다.

Dove》를 구상하면서, 그녀의 마음은 어느 정도 밝아졌다.

하지만 전쟁이 더 깊어질수록 전망은 더욱 나빠져 갔다. 니컬슨 부부는 정치적 분위기와 정부 내의 반 처칠 정서의 확산으로 우울해졌다. 그들의 두 아들은 해외에서의 군복무를 위해 떠날 예정이었다. 1944년 2월, 놀에 포탄이 떨어져 폭발하는 바람에 비타의 예전 침실 창문을 포함해 집 전체의 창문이 모조리 깨졌고, 비타는 "완전히 무너져 내렸다." 해럴드는 "모든 사건이 가슴 아픈 상처를 후벼내고 있다."고 일기에 적었다. 비타는 해럴드에게 편지를 썼다. 그녀는 가슴에서 놀을 떼어냈다고 늘 생각했다. "그런데 그곳 이야기가 나오는 순간 모든 신경이 되살아난다."는 내용이었다. 에설 스미스가 5월에 죽었고, 7월에는 로저먼드 그로스브너가 사보이 성당에 포탄이 떨어졌을 때 죽었다.

시싱허스트에서의 생활은 "피커딜리 지하철역에서 잠자는 것과 같았다."고 비타는 말했다. 해럴드는 비행기에 그들이 완전히 장악당했다고 아들들에게 보내는 편지에 썼다. "밤새 그것들이 우리 위에서 분노에 차서 울부짖었단다." 그해 말 비타는 해럴드에게 보낸 편지에 그녀가 갔던 호숫가, 그리고 그녀가 한때 "꿈같은 곳"이라고 묘사했던 블루벨 숲속에서의 모든 즐거움을 잃었는데, 그 이유는 군인들이 "그곳으로 밀어닥쳤기" 때문이라고 썼다. 그녀는 그곳들에 대해 다시는 똑같은 감정을 느낄 거라고 생각할 수 없었다. 오랜 걱정거리인 등의 통증 때문에 그녀는 정원 가꾸기도 어려워지고 있었다. "나와 호수, 저 숲 모두가 망가지고 영

비타는 가드닝이란 대체로 서로 다른 종류의 식물을 섞어 심는 문제이며 "그것들이 어떻게 서로 행복하게 결합하는지를 감상하는 문제"라고 적었다.

원히 결딴난 것 같아."

1944년에서 1945년에 걸친 겨울에 해럴드는 비타에게 자신들과 같은 사람들에게 세계는 암울한 곳이 되어가고 있다는 편지를 보냈다. 비타도 답장을 썼다. 그녀는 민주주의를 증오하고, "민중들la populace"을 증오하며, 교육이란 것을 만들어내지 않았더라면 얼마나 좋았을까, 라고 적었다. 그들 계층의 많은 사람들이 전후의 세계가 돌아가는 모습에 놀라 똑같이 느꼈다. 전쟁이 막바지에 이르고 있었다. 7월에 있었던 선거에서는 비타가 평소의 소신을 버리고 해럴드의 선거운동을 지원했음에도 불구하고 해럴드는 의원직을 상실했다. 그는 영국 대표단의 일원으로 뉘른베르크 재판에 파견되기도 하고, 1948년에 다시 국회의원 선거에 도전해 실패하기도 했지만, 해럴드의 삶은 시싱허스트가 그 중심이 되는, 보다 사적인 영역에서 자리를 잡아가고 있었다.

1946년 크리스마스 이후 해럴드는 일기에서 이런 말을 했다. "오후에 비타와 주위를 서성이며 계획을 세우는 일은 정원 가꾸기의 한 요소라는 것을 그녀에게 납득시키려고 애썼다. 비타는 그저 자기가 심다 남은 것들을 다시 심기만 하면 된다고 생각한다….' 해럴드가 생각한 것이 조경 계획planning이었다면 비타가 생각하고 있는 것은 식물 심기planting였고, 그 어떤 것이든 그다음에는 둘이서 해야 할 일이 있었다. 정원은 전쟁으로 황폐해졌고, 지금은 비록 일꾼들이 돌아오긴 했지만, 앞으로의 정원은 전과는 다르게 품을 덜 들이는 방향으로 재정비해야만 했다. 잔디는 갈아엎고 씨를 새로 뿌려야 했고 잡초와 딱총나무는 뽑아야 했다.

몇 년 후 해럴드의 기록을 보면 "시싱허스트는 원숙함, 물러남, 뽐내지 않는 위엄의 기운이 서려 있다. 바로 우리가 성취하고자 했던 것이고, 어떤 면에서 보면 우연히 성취한 것이다." 그것은 "연이어진 은밀함"에 기인한다고 그는 결론을 내렸다. 정원의 배치를 보면 공감하지 않을 수 없는 말이다. "세상에서 벗어나 들어갈수록 깊어지는 은둔처."

1947년 말 비타는 문학에 대한 공로로 명예 훈작勳爵을 받았다. (몇 년 전 버지니아는 이 훈작을 거절했다.) 비타의 말로는 정원을 가꾸느

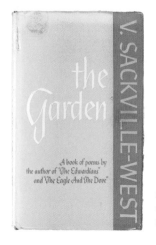

비타의 시 〈정원The Garden〉은 자연의 아름다움에 대한 그녀의 기쁨 외에, 전쟁을 겪던 시기의 암울함도 노래했다.

라 글쓰기를 포기했었다지만 사실 그녀의 장편 시 〈정원〉에 이어, 손을 못 댈까 걱정했는데도 루이 14세의 사촌에 대한 책인 《몽팡시에 공주La Grande Mademoiselle》를 내놓았다. 그녀는 〈정원〉으로 하이네만 상Heinemann Prize을 수상했고 그 상금 모두를 시싱허스트의 해자 길에 진달래를 심는 데 썼다. 그곳은 봄이면 지금도 예전과 다름없이 만개한 핑크색 꽃을 볼 수 있다.

그녀는 가디언지의 일요판 〈옵서버〉에 '당신의 정원에서'란 장기 주간 칼럼을 연재하기 시작했다. 그녀의 문체는 독특했고, 그녀를 안락의자에 앉은 정원사라고 비난하는 독자들에게 "살면서 지난 40년 동안 내가 제일 좋아하는 일을 업으로 삼아 실제로 해보니 등골이 휘고, 손톱이 부러지고, 어떤 때는 가슴이 찢어졌다."는 말로 믿음을 심어주었다.

비타는 공상에서나 나올 법한 묘사는 질색한다고 하면서도, 그녀 자신은 기억할 만한 구절을 부려놓는 데 있어서 대가급이었다. 예를 들면, 팬지꽃은 "이스파한의 호화찬란한 카펫을 펼친 듯" 보이는 다양한 색상의 정원에 있는 "주름진 벨벳에 수놓인 기묘한 고양이 얼굴"이다. 그녀는 8월의 어느 날 모든 것이 숨을 죽이고 있는 듯한 한여름 밤에 대해 쓸 수 있었고, "어린 올빼미들이 외양간 위에 있는 둥지에서 쉭쉭 거리는 소리, 당나귀 한 마리가 시끄럽게 우는 소리, 개구리 한 마리가 연못으로 뛰어들면서 내는 퐁당 소리"가 들리는 곳을 물끄러미 앉아서 바라볼 수 있었다.

다음 해 그녀는 내셔널 트러스트 정원위원회 위원이 되었고, 그래서 히드코트Hidcote 정원과 윙크워스 수목원Winkworth Arboretum을 포함한 가장 주목할 만한 정원 재산의 일부를 인수하는 작업에 관여했다. 내셔널 트러스트에 대해 비타는 양면적인 태도를 보였다. 전후의 냉랭한 분위기 속에서, 모든 대저택들이 어려움에 직면했고, 놀은 결국 색빌 경과 그의 상속인들이 그곳 일부에서 계속 살아간다는 조건과 함께 트러스트에 넘기는 것으로 합의가 이루어졌다. 그녀는 놀의 첫 번째 가이드북을 쓰는 일을 받아들이고 "마음을 다잡고 아주 냉정하게" 그 일을 시작했으나 "설치류가 이빨로 쏘는 것처럼" 자신을 갉아먹는 상실감을 깨달았을 뿐이었다. "놀, 하지(해럴드)를 빼고 이 세상에서 내가 가장 사랑하는 곳…. 그 놀이 다른 누군가에게 넘어갔다. 우리에게가 아니라."

그로부터 10여 년이 흐른 마지막 여름에, 그녀는 놀을 여러 번 방문하고 그곳이 "전보다 더 사랑스러워" 보이는 것을 깨닫고 기뻐했다. "나는 내셔널 트러스트와, 놀의 특성을 보호하기 위해 트러스트가 취한 모든 조처에 깊이 감탄하며 경의를 표한다."고 그녀는 적었다. "트러스트는 없어서는 안 될 곳이다." 하지만 감성적으로는 "내가 사랑했던 집과 조상들의 모든 전통에 대한 배신"이라는 생각이 드는 건 어쩔 수 없었다.

그녀는 "돌과 지붕과 마당의 모습"이 자신에게 왜 그리도 가슴에 사무치도록 중요한지 스스로 그 까닭을 알 수 없었다. 그러나 그것들이 그리 중요했던 것은 아마도, 해럴드가 그녀의 마음을 헤아려주었듯, 그녀에게 놀은 "집이라기보다 인격체에 훨씬 가까웠기" 때문이었다. 그녀의 괴로움은 계속되었다. 나중에 비타는 해럴드의 방에서 자신이 놀 생각에 눈물을 흘리고, 감정을 주체하지 못하여 히스테리를 부린 것에 대해 그에게 사과했다. "놀은 내 것이고 나는 놀의 것이야. 그것뿐이라고."

해럴드는 그의 글로 찬사를 받고 있었다. 1948년에 그는 조지 5세의 공식적인 삶에 관하여 써 달라는 요청을 받았다. 윈저성의 왕립 기록보관소에서 꽤 많은 시간을 보내야 하는 일이었다. 비타는 계속 시싱허스트를 파 들어가고 있었다. 내셔널 트러스트를 위해 일했던 건축사학자 제임스 리스-밀른James Lees-Milne(그의 아내 아빌드Avilde는 비타의 애인들 가운데 한 명이었다)은 1950년대 초의 비타는 젊은 날의 비타에게서 사람들이 인지했을 법한 위엄과 집시

기질을 여전히 지니고 있었다고 묘사했다.

비타는 자신의 외모에 완전히 무관심했지만 어디서나 매우 돋보였다. 그녀는 곧게 뻗은 코와 "우수를 자아내는 입", 그리고 슬픔 어린 짙은 갈색 눈을 하고 자신만만하게 똑바로 서 있었다. 그는 목이 파인 평범한 블라우스에 한 줄로 된 진주 목걸이를 착용한 그녀의 평상복 차림새에 대해 자세히 언급했다. 그녀는 귓불 아래로 포도송이처럼 늘어진 귀걸이를 하고 있었다. 비타가 스커트를 입은 모습은 거의 볼 수 없었다. 그녀는 무릎 아래에서 바로 끈으로 여미게 되어 있는 반바지와 '왼쪽에 전지가위를 찔러 넣은', 끈으로 묶는 목이 긴 부츠를 신는 것을 더 좋아했다.

해럴드는 1953년 신년도 서훈 대상 명단에 올라 기사 작위를 서임 받았지만, 그래도 공적인 사안에서 목소리를 낼 수 있는 귀족의 작위를 받고자 한 그의 기대에는 어긋났다. 비타는 레이디 니컬슨이라고 불리는 것을 싫어했고, 미시즈 니컬슨이라고 불리는 건 더욱 싫어했다. 그해에는 또한 그들의 아들 나이절의 결혼이 있었다. 나이절은 전해에 하원의원이 되었고 바이덴펠트-니컬슨Weidenfeld & Nicolson 출판사*의 공동 설립자로 나섰다.

비타와 해럴드는 점점 나이가 들어가는 것을 체감하고 있었고, 둘 다 그런 사실을 혐오했다. "체중이 늘고, 머리가 벗겨지고 등등"의 이유에서가 아니라, 그들은 '인생'을 너무 사랑했기에 그것

---

* 바이덴펠트-니컬슨 출판사에서는 1959년《롤리타》의 영국판 초판을 출판했다.(―옮긴이)

으로부터 떠나야 한다는 것이 정말 싫었기 때문이었다. 인생, 그리고 시싱허스트. 해럴드가 비타에게 보낸 편지에는 이런 내용도 있었다. "오늘날의 정원은 특별한 가치를 지닌 것이지만, 우리는 이 정원을 영국 전체에서 가장 아름다운 곳들 가운데 하나로 만들어야 한다." 그것은 그들이 합심해서 이룬 걸작이며 "그리고 우리 노년의 위안거리"였다. 이미 널리 알려진 유명한 정원을 만든 사람임에도 불구하고 자신이 여전히 아마추어 수준임이 마음에 차지 않았던 비타는 60대 나이에 참으로 감동적이게도 원예학 통신강좌를 듣기 시작했다.

하지만 시싱허스트의 미래는 이제 쟁점으로 떠오르고 있었다. 비타는 1954년 11월 29일의 일기에, 언젠가 시싱허스트를 내셔널 트러스트에 넘기는 문제에 대해 나이절이 해럴드의 의견을 타진해 왔다고 기록했다. "나는 절대 안 된다고 말했다. 절대로, 절대로! 아니 절대로 안 돼, 절대로. 절대로, 절대로, 절대로! 내 문에 그 작고 차가운 금속판은 붙일 수 없어!" 나이절은 그녀가 죽은 뒤에는 자신이 원하는 대로 할 수 있었다. 하지만 그녀가 살아 있는 한 그 누구도 그녀가 가장 아끼는 그곳을 빼앗으려 하지 않았다. "내 사랑. 내가 놀을 잃어버린 것만으로도 안 좋은 일은 충분해. 하지만 시싱허스트만큼은 나한테서 뺏을 수 없어."

1955년 3월, 해럴드가 뇌졸중으로 쓰러졌다. 그로 인해 비타는 "그가 없다면 혼자서 계속 살아가는 게 싫어질 텐데, 그가 죽으면 난 어떻게 해야 가장 깔끔하게 삶을 마칠 수 있을까"를 깊이 생각하게 됐다. 그는 회복되어 자리에서 일어났지만 5월에 두 번째 약한 뇌졸중이 다시 왔고 더 쉬엄쉬엄 일하라는 말을 들었다. 비타 역시 이제 등은 물론 손에도 관절염이 와서 정원 가꾸기는 말할 것 없고 글을 쓰는 것도 힘들었다. 그녀는 탑의 가파른 계단에서 한번 넘어지기도 했다.

비타와 해럴드가 1962년 1월 크루즈 여행을 떠났을 때 비타의 건강이 안 좋아 보였다. 하지만 그녀는 기관지염과 허리통증 탓이라고 해럴드를 안심시켰다. 사실 그녀는 복부암*으로 인한 출혈을 감추고 있었다. 집으로 돌아온 그들 두 사람의 일기에는 서로에 대한 걱정이 드러나 있다. 겁에 질린 해럴드는 비타의 수술 뒤에 쾌유를 비는 여왕의 전갈을 지니고 병실 문 앞에 나타난 정복 차림의 한 근위병을 보고 위안을 얻었다. "여기는 우리가 지낼 만한 곳이 아니에요."라고 비타는 병원에서 해럴드에게 편지를 썼다. 하지만 이런 '걱정거리들'은 나이가 들면 생겨나게 마련이었다. 그녀는 더 이상 "지겹고 걱정스러운" 존재가 되지 말고 몸을 추슬러, 사실은 바람이지만, 곧 집에 돌아가 "다시 아주 즐겁고 행복하게" 지내기로 굳게 마음먹었다.

하지만 비타는 기운을 차리지 못했다. 해럴드는 의사로부터 최악의 경우에 대비하라는 말을 들었다. 비타는 더 간호하기 쉽도록 시싱허스트의 목사관(주방과 식당이 있는 건물)으로 옮겨졌다. 5월에

---

* 위암이라고 기록된 자료도 있음.(─옮긴이)

　　　　　　　　1931~1962, 모든 정열이 다하다

그녀는 휠체어에 앉은 채 화이트 가든을 가로지르고 타워 잔디밭을 가로지르며 계절의 영광이 마지막 숨을 몰아쉬는 봄의 정원을 구경한 후 켄트개암나무 숲을 지나 다시 해자 길을 올라갔다.

1962년 6월 2일의 상쾌한 아침, 해럴드는 일찍 일어나 정원 주위를 산책했다. 비타는 "근심걱정과 자책감을 다 내려놓고" 점심 시간에 세상을 떠났다. 해럴드는 정원을 돌며 비타가 제일 좋아했던 꽃 몇 송이를 따다 침대 위에 놓았다. 장례식은 시싱허스트의 교회에서 열렸고, 그녀의 재는 위디엄 교구의 색빌 가문 묘지에 안치되었다.

비타가 죽은 지 여섯 달 뒤에도 해럴드는 여전히 "끔찍이 불행했다." 그의 아들은 그가 저녁 식탁에서 소리 죽여 흐느끼고, 주변에 아무도 없는 정원 저 멀리에서는 목 놓아 울던 모습을 기억한다. 1968년 5월 1일 해럴드는 잠자리에 들기 위해 옷을 갈아입다가 심장마비로 사망했다.

레너드 울프 역시 뇌졸중으로 보이는 증세로 몇 차례 고생하다 약 14개월 후에 죽음을 맞았다. 그의 마지막 즐거움 중 하나는 버지니아의 조카이자, 버지니아를 위해 자신이 선택한 전기작가인 쿠엔틴 벨이 버지니아에 대한 원고 초안의 단락들을 읽어주는 것을 귀 기울여 듣는 것이었다. 레너드의 재는 그 살아남은 느릅나무 아래에 묻혔다. 하지만 그는 언제까지나 버지니아의 불꽃을 지키는 이로 기억될 것이다.

말년에 시싱허스트에서 함께 사진을 찍은 비타와 해럴드. 그들은 예전처럼, 언제나 그랬듯이 하나가 되었다. 그들의 복장이 대조적인 것은 두 사람이 걸어온 길이 각기 달랐음을 보여준다.

1931~1962, 모든 정열이 다하다

시싱허스트의 화이트 가든은 아마도 비타와 해럴드의 창작품 가운데 가장 유명한 것일 듯하다. 비타는 한 가지 색깔의 정원, 또는 오히려 '여름날 저녁에 정말 멋져 보이는' 회색, 녹색, 흰색, 은색 정원이라는 아이디어에 매력을 느꼈다.

애프터 라이프

버지니아 울프가 우리 곁을 떠난 지 75년이 넘었다. 그 세월 동안 우리의 눈에 비친 버지니아는 매우 다양한 모습을 지닌 존재였다. 페미니스트의 아이콘에서부터 현실 세계에 살기에는 너무 순수한, 여리고 지나치게 잘 흥분하는 영혼의 소유자에 이르기까지. 미친 여자에서부터 20세기 최고의 모더니즘 작가들 가운데 한 명이라는 타이틀에 이르기까지. 그녀 자신은 종종 전기문학의 어려움, 대상 인물이 지닌 정체성의 한 단면만 보여주려고 시도하는 것의 어려움에 골몰하곤 했다. 그리고 비타가 알고 있는 버지니아, 블룸즈버리 아파트의 난로 불빛 속에 비타와 앉아서 그녀의 머리카락 속에 손가락을 넣어 헝클어트리고 있는 버지니아, 비타와 수위 높은 외설적인 농담을 주고받는 걸 즐기던 버지니아는 우리의 시야에 들어오지 못한 것 같다.

　버지니아가 죽었을 때 일부 대중은 그녀가 세상의 엄혹한 현실과 동떨어져 있다고 생각했고, 그런 오해를 극복하는 데 30년이 걸렸다. 혁명적인 1960년대에 들어서야 새로운 평가가 정말로 시작되었지만, 우리는 아웃사이더 문화에 대한 시각, 남녀의 정체성에 대한 탐구 등에서 보여준 그녀만의 방식은 물론 그녀가 다룬

젬마 아터턴(Gemma Arterton, 오른쪽)과 엘리자베스 데비키Elizabeth Debicki가 주연한 2018년 작 영화 《비타와 버지니아》의 한 장면.

내용이 얼마나 혁명적이었는지 깨닫기 위해서는 아직도 갈 길이 많이 남아 있다. 최근 수십 년 사이에 출판된 그녀의 작품들 가운데에서는 많은 편지(비타의 아들 나이절이 편집했고, 나이절은 자신의 아버지 일기도 편집했다)와 기사, 에세이와 리뷰, 반론을 제기하는 글, 전기 등이 소설과 더불어 많은 비율을 차지하고 있다.

애드워드 올비Edward Albee의 연극에 이어 리처드 버턴/엘리자베스 테일러 주연의 영화로 제작된 〈누가 버지니아 울프를 두려워하랴?Who's Afraid of Virginia Woolf?〉에서 '나쁜' 늑대('big bad' wolf)* 대신 버지니아 울프란 이름을 차용한 이후, 그녀는 고급과

---

* 이 작품의 제목은 〈아기 돼지 삼형제〉에 나오는 동요 '누가 커다란 나쁜 늑대를 두려워하랴?'에서 따온 것으로, 이 동화를 상업화하여 성공을 거둔 디즈니사가 이 제목의 사용에 반대하여, 비슷한 어감을 주는 버지니아 울프라는 이름이 들어가게 되었다고 한다.(―옮긴이)

1931~1962, 모든 정열이 다하다

저급의 문화 어디에나 단골로 등장했다. 《등대로》는 1983년에 영화로 만들어졌고, 1992년에 영화로 나온 《올랜도》에서는 틸다 스윈턴이 주역을 맡아 오래 기억될만한 연기를 펼쳤다. 5년 후, 바네사 레드그레이브가 《댈러웨이 부인》에서 주인공을 맡았고, 그로부터 5년 후에는 코에 보형물을 붙인 니콜 키드먼이 《디 아워스 The Hours》(마이클 커닝햄Michael Cunningham 원작—옮긴이)에서 버지니아 울프 역을 연기했다. 《디 아워스》에서는 메릴 스트립과 줄리안 무어가 《댈러웨이 부인》과 관련된 다른 여성들의 배역으로 공동 주연을 맡았다. 노래와 발레도 또한 그녀에게서 영감을 받았다.

비타의 사후는 더 단순하기도, 더 복잡하기도 하다. 단순한 면을 보면, 그녀는 대중의 시선에서 조금 벗어난 위치에 있다. 복잡한 면으로는, 그녀는 끊임없이 사람들이 찾아오는 그녀의 자연이라는 그 유산 안에서 가장 잘 기억된다는 것이다. 매년 철마다 변하는 시싱허스트 정원의 생장과 소멸은 그곳을 관리하는 사람들에게 끊임없는 도전의 대상이다. 가지치기나 식재의 한 동작 한 동작은 비타의 정원을 그녀가 남긴 대로 보존하는 동시에, 그 안에 담긴 비타의 모험과 혁신의 정신 역시 잘 보존해야 한다는 과제를 담고 있다.

비타 자신은 그 정원을 결코 완결된 곳으로 여기지 않았다. 그녀는 성장 속도가 느린 자목련 한 그루를 심을 계획을 써 내려가면서, 그 나무가 다 자란 모습을 보려는 방문객은 다음 세기에 와도 못 볼지 모른다는 막연한 생각을 했다. 그녀는 내셔널 트러스트에 참여하던 초기의 어느 회의에서 이런 발언을 한 적이 있다.

리처드 버턴과 엘리자베스 테일러가 〈누가 버지니아 울프를 두려워하랴?〉에서 갈등 관계에 있는 부부를 연기하고 있다.

"트러스트가 영국의 오래된 아름다움을 보존하는 건 매우 좋습니다. 하지만 새로운 아름다움은 어떻게 할 건가요?… 변화에 저항하는 건 아무 소용이 없었으니, 아름다움이 '새로운' 것들에서도 나올 수 있는 건 아닌지 한 번 살펴봅시다."

1954년 비타는 해럴드에게 보내는 편지에서, 시싱허스트 가든이 히드코트 정원과 동급의 카테고리로 분류되는 게 얼마나 놀라운 일인지, 그리고 "우리의 쓰레기장이 어물쩍 유명해진" 것이 얼마나 재미있는 일인지 이야기하고 있다. 오늘날 시싱허스트는 한 해 약 20만 명의 방문객을 맞는다.

어떤 의미에서는 비타의 평판 또한 계속 진행 중인 일로 보아야 할 것이다. 그녀와 바이올렛 트레퓨시스와의 불륜은 당시 "누구나 아는 소문"이었지만, 그녀의 아들 나이절 니컬슨이 시싱허스트 타워에 있던 글래드스톤 백 안에서 발견한 그 불륜의 연대기를 출판하기로 한 결정은 여전히 논란을 일으킬 만한 것이었다. 그가 "방대한 애정문학에서 독보적인 기록"이라고 표현한《어느 결혼의 초상Portrait of a Marriage》은, 비록 비타(그리고 버지니아)는 시와 소설을 더 높이 평가했지만, 비타의 시는 물론 비타의 소설보다 분명히 더 잘 알려져 있다.

《어느 결혼의 초상》은 30여 년 전 TV 드라마로 제작되어, 재닛 맥티어Janet McTeer가 비타의 배역을 맡아 연기했다. 영화배우이자 드라마작가인 에일린 앳킨스Eileen Atkins*의 성공적인 연극 〈비타와 버지니아Vita and Virginia〉는 이제 동명의 영화로도 만들어졌다. 비타는《어느 결혼의 초상》이 된, 자신이 그 글래드스톤 백에 남겨 놓은 회고록의 원고가 자신을 좋아하는 다른 사람들이 성 정체성의 단순히 이분법적 정의를 거부하는 데 도움이 되기를 기대했다. 비타는 "세계의 진보와 아울러" 자신이 바이올렛 트레퓨시스와 공유했던 그러한 관계가 "부자연스러운 것으로만 간주되었던 것에 상당 부분 종지부를 찍을 것이며, 훨씬 더 잘 이해하게 될 것"으로 믿었다. 남편과 연인, 친척, 친구들과 같은 인연이 닿는 모든 이의 호의 속에 아주 오랫동안 지속되고 많은 도움을 받은 그녀와 버지니아 울프의 관계는 21세기를 맞아 더욱 큰 교훈을 줄 듯하다.

---

* 영화 댈러웨이 부인의 각본도 썼다.(─옮긴이)

비타는 옛날의 장미꽃들에 대한 열정이 대단했고, 색깔과 향기가 짙은 프랑스 장미 로사 갈리카Rosa gallica를 떠올리는 걸 좋아했다. 그녀는 지금의 과수원 자리에서 16세기부터 자라고 있었던 이 장미를 발견했다. "당신이 낭만적인 성품을 타고났다면, 모든 장미에는 낭만이 가득할 것이다."라고 비타는 썼다.

1931~1962, 모든 정열이 다하다

부록

현장을 찾아서

시싱허스트 캐슬 가든

비타 색빌-웨스트가 조성하고, 내셔널 트러스트가 수년 동안 돌보며 가꾸어 온 정원에 들어서면 곳곳을 촘촘하게 휩쓸고 다니지 않을 수가 없다. 방문객들은 화이트 가든White Garden과 켄트개암나무 숲Nuttery은 물론 비타가 글을 썼던 탑의 방, 그녀와 해럴드가 사용하던 침실과 해럴드의 서재가 있는 사우스 코티지South Cottage를 구경할 수 있다. 사람들마다 시싱허스트에서 가장 좋아하는 장소가 다 다르다. 라임나무 숲길Lime Walk을 따라 카펫을 깐 듯 피어나는 봄철의 매혹적인 구근 식물들을 좋아하는 사람이 있고, 코티지 가든Cottage Garden의 불타는 듯한 여름의 색을 좋아하는 사람이 있으며, 대 엘리자베스 1세 시대의 헛간 아치 사이에서 퍼덕이는 하얀 비둘기들을 좋아하는 사람도 있다. 채소밭에서 나온 것들은 시싱허스트에서 운영하는 레스토랑과 플랜트숍으로 들어간다. 관광객들은 호수를 거쳐 비타와 해럴드가 키우던 개들의 무덤을 표시한 비석이 있는 블루벨 숲까지 460에이커(186헥타르=1,860,000제곱미터)에 이르는 경내를 속속들이 산책할 수도 있다.

- 비덴든 로드, 크랜브룩 근처, 켄트 TN17 2AB

- www.nationaltrust.org.uk/sissinghurst-castle-garden

놀

비타의 선조들의 집은 여전히 유명한 그림들과 중요한 가구들을 간직한 채 그녀가 묘사한 화려함을 한껏 자랑하고 있다. 대대적인 복원 공사가 진행 중이어서 일부 방들은 폐쇄됐지만 다른 방들은 원래의 영광을 되찾았다. 방문객들이 보존 작업 현장을 볼 기회이기도 하다. 게이트 하우스 타워에 올라가 전망을 감상하고, 공원에서 뛰노는 사슴을 구경할 수 있다.

• 세븐오크스, 켄트 TN15 0RP (위성내비 TN13 1HU)

• www.nationaltrust.org.uk/knol

멍크스 하우스에 있는 버지니아의 집필실.

멍크스 하우스

버지니아와 레너드가 함께 사용했던 벽돌과 비 막이 용 판자로 지은 작가의 조그만 안식처는 루이스Lewes에서 몇 마일밖에 떨어지지 않았지만, 꽤 멀고 꼬불꼬불한 시골길이라 길을 잃을 것 같은 느낌이 든다. 1층에는 사람들이 알고 있는 대로 벽에는 여전히 버지니아가 고른 색깔의 페인트가 칠해져 있고, 책과 종이들이 흩어져 있어 버지니아가 글을 쓰고 있는 모습을 떠올리게 된다. 바네사 벨과 덩컨 그랜트가 버지니아를 위해 만든 페인트칠한 탁자와 의자들로부터 그녀가 빵을 구웠을 주방기구까지 여러 가지 잡다한 세간들도 있다. 정원을 가로질러 가면 버지니아가 그렇게나 많은 책을 썼던 집필실이 있고, 모양을 갖춘 꽃밭과 채소밭, 온실, 잔디밭이 딸려있다. 그 방에서는 사우스 다운스South Downs가 내다보인다.

- 로드멜, 루이스, 이스트 서식스 BN7 3HF

- www.nationaltrust.org.uk/monks-house

찰스턴

찰스턴에 있는 바네사 벨의 집은 색색의 방들 그 자체가 거기서 살며 작업하던 예술가들의 캔버스였고, 벽에는 또한 그들의 작품이 많이 걸려 있다. 민간 위탁사가 소유하고 있으며, 갤러리 및 상점과 티룸이 있다. 방문객들에게 정기적으로 개방하고 있으나 집 자체를 관람하기 위해서는 사전예약을 해야 한다.

- 페를, 루이스, 이스트 서식스 BN8 6LL

- charleston.org.uk

블룸즈버리, 런던

버지니아에 대한 이해는 그녀의 블룸즈버리 친구들의 이름이 붙어 있는 거리를 돌아다녀 보지 않고는 완전하다고 할 수 없다. 울프 부부가 아주 오랫동안 살았던 태비스톡스퀘어에 있는 집은 전쟁 때 파괴되었고 현재는 태비스톡호텔의 일부가 되었다. 이 호텔의 바를 겸한 펍의 이름은 '울프 & 휘슬Woolf and Whistle'!이다. 블루 플라크들은 '블룸즈버리들'이 살았던 다른 집들을 표시하지만, 그 집들 가운데 여러 곳이 지금은 사무실로 사용되거나 근처의 대학에 흡수되었다. (또한 주변 환경이 매우 다른 벨그라비아의 이버리 스트리트에 있는 블루 플라크 하나는 비타가 살았던 집임을 표시하고 있다.) 광장의 곳곳에 블룸즈버리 멤버들의 기념물들이 있지만, '블룸즈버리'와 또 다른 블룸즈버리가 지척에서 살았던 지리적 분포 덕에 한눈에 다 둘러볼 수 있다.

그 외

스몰더플레이스, 텐터든, 켄트

현재 내셔널 트러스트가 돌보고 있는 이 아름다운 목재 골조 건물은 위대한 여배우 엘렌 테리의 집이었다. 그녀의 딸 에디는 이곳을 그녀를 위한 기억의 보고로 만들었다. 에디 그리고 그녀와 같이 살았던 두 여자에게 비타는 '송어들'이라는 애칭을 붙여주었다.

- 스몰더, 텐터든, 켄트 TN30 7NG
- www.nationaltrust.org.uk/smallhythe-place

롱반, 세븐오크스, 켄트

비타와 해럴드의 첫 번째 집이었던 이곳은 현재 개인 주택이지만, 가끔 자선기금 모금을 위해 정원을 개방하기도 한다.

케임브리지

트리니티칼리지는 블룸즈버리 멤버들이 다수 공부했던 곳이며, 트리니티칼리지보다 덜 화려했던 거턴칼리지와 뉴넘칼리지 여자대학들에서의 강의는 버지니아에게 《자기만의 방》을 쓸 동력을 제공했다. 그랜트체스터에 있는 오차드 티룸Orchard tea rooms에서는 루퍼트 브룩, 그리고 미래의 '블룸즈버리'들과 함께 방문한 젊은 날의 버지니아에게 티를 대접했다.

세인트아이브스, 콘월

스티븐 가족이 그토록 많은 여름을 보냈던 콘월 지방의 이 도시는 현재 테이트 미술관Tate gallery과 바버라 헵워스 뮤지엄Barbara Hepworth museum 때문에 더 잘 알려져 있다. 그래도 그곳 해변과 아직도 제 역할을 하는 항구 주변에는 스티븐 가족들이 다시 와도 예전 모습을 알아볼 수 있을 곳들이 많다. 그들이 여름별장으로 빌려서 살았던 탤런드 하우스는 지금 숙박업소로 운영되고 있다.

런던 공원과 수로

버지니아 울프는 런던의 녹지 공간을 특히 좋아했다. 어린 시절 그녀는 종종 켄싱턴 공원을 방문했다. 그녀는 큐가든Kew Gardens에서 이야기를 구상하고 햄스테드 히스Hampstead Heath까지 산책했다. 리젠트 파크Regent's Park가 그녀에게 구절을 떠올리는 데 도움을 준 수많은 산책의 장소였다면 런던 동물원London Zoo은 비타와 나들이한 장소였다. 댈러웨이 부인은 "오리들이 유유히 헤엄치며 노니는 가운데" 세인트제임스 파크를 가로질러, (세인트아이브스 말고도) 오늘날 버지니아가 와서 봐도 알아볼 수 있을 것 같은 또 다른 장소인 피커딜리와 해처즈 북숍Hatchards bookshop까지 산책한다. 런던의 역사를 사랑한 사람으로서, 버지니아 역시 템스강과 그곳의 분위기에 대해 특별한 감정을 지녔다. 그녀와 레너드가 결혼한 첫날 그들은 플리트 스트리트Fleet Street와 강 사이에 있는, 현재도 영업 중인 콕 태번Cock Tavern에서 식사를 했다.

참고도서

비타 색빌-웨스트와 특히 버지니아 울프, 그리고 블룸즈버리 그룹에 대한 전기적·비평적 연구는 나무에 매달린 잎사귀들만큼이나 많다. 그래서 나는 이 책을 쓰면서 참고하고 더 읽어볼 만한 책들을 선정할 때, 가장 주목할 만한 최근의 전기 작품들 몇 권 외에 두 여성이 집필한 책과 그들 가족이 쓴 작품들에 우선순위를 두기로 했다.

어쨌든 도서 목록을 선정할 때 큰 어려움은 전혀 없었다. 그들은 아주 놀랍도록 다작을 했기 때문이다. 비타는 그녀의 많은 작품에 강한 전기적 요소를 담았을 뿐 아니라, 그녀의 아들 나이절과 그녀의 손주 몇 명이 그녀에 관해 썼다. 그러나 그들은 바이올렛 트레퓨시스에 대해서는 한마디도 쓰지 않았다. 버지니아에 대한 가장 위대한 전기작가는 그녀의 조카 쿠엔틴 벨이었다. 버지니아의 일기와 편지는 수많은 책으로 출판되었고, 레너드 울프 역시 그 자신의 회고록 몇 권을 남겼다. 그러나 이렇게 많은 책들 중에서 일반 독자들을 위해 13권을 고른다면 다음과 같다.

- 매튜 데니슨, 《가면 뒤에서: 비타 색빌웨스트의 삶Behind the Mask: The Life of Vita Sackville-West》, 윌리엄 콜린스, 2014.
- 빅토리아 글렌다이닝, 《비타: 비타 색빌웨스트의 삶Vita: The Life of Vita Sackville-West》, 바이덴펠트 & 니컬스, 1973

- 린달 고든, 《버지니아 울프: 어느 작가의 삶Virginia Woolf: A Writer's Life》, 비라고, 2006
- 허마이오니 리, 《버지니아 울프Virginia Woolf》, 샤토 & 윈더스, 1996
- 줄리엣 니컬슨, 《딸부자집A House Full of Daughters》, 샤토 & 윈더스, 2016
- 나이절 니컬슨, 《어느 결혼의 초상Portrait of a Marriage》, 바이덴펠트 & 니컬슨, 1973
- 나이절 니컬슨(편저), 《비타와 해럴드: 비타 색빌-웨스트와 해럴드 니컬슨의 1910~1962 편지Vita & Harold: The Letters of Vita Sackville-West & Harold Nicolson 1910~1962》, 바이덴펠트 & 니컬슨, 1992
- 비타 색빌-웨스트, 루이스 드살보 & 미첼 리스카(편저), 《비타 색빌-웨스트가 버지니아 울프에게 보낸 편지The Letters of Vita Sackville-West to Virginia Woolf》, 허치슨, 1984
- 비타 색빌-웨스트, 세라 레이븐, 《시싱허스트: 정원의 창조Sissinghurst: The Creation of a Garden》, 비라고, 2014
- 비타 색빌-웨스트, 《놀과 색빌 가문Knole and the Sackvilles》, 내셔널 트러스트, 1991
- 버지니아 울프, 《그림 편지들Illustrated Letters》, 프랜시스 스폴딩이 선정 및 소개, 내셔널 트러스트, 2017
- 버지니아 울프, 《자기만의 방A Room of One's Own》, 《올랜도Orlando》, 《댈러웨이 부인Mrs Dalloway》, 《등대로To the Lighthouse》
- 버지니아 울프, 《일기 초록Selected Diaries》, 빈티지, 2008

감사의 말

작가로서, 버지니아 울프나 비타 색빌-웨스트에 관한 책을 출판하는 모험을 감행할 분들은 분명 우리 이전에 많은 길을 나아간 작가들, 즉 거인들의 어깨에 서 있는 것입니다. 그러나 땅으로 내려오면, 나는 관련 내셔널 트러스트의 직원들과 자원봉사자들 중 많은 분들에게 감사를 드립니다. 특히 시싱허스트의 비키 맥브라이언, 놀의 헬렌 포버트, 그리고 멍크스 하우스의 앨리슨 프리처드와 내셔널 트러스트(NT) 출판팀의 케이티 본드, 에이미 펠드먼, 클레어 매셋에게 특히 감사합니다. 다른 모든 전기작가들과 마찬가지로, 나는 런던 도서관의 직원들에게도 대단히 감사한 마음이며, '파이낸스 북스'의 니콜라 뉴먼과 피터 테일러에게도 고마운 마음을 전합니다. 나는 또한 여느 때와 같이 이 글을 다듬는 데 많은 도움을 준 마거릿 개스킨에게 진심으로 감사드리는 바입니다.

이미지 출처

6, 216 ⓒ National Trust Images/Jonathan Buckley; 8, 126, 129 REX/
Shutterstock; 9, 10~11, 181, 184~185, 191, 192, 246, 256~257, 263 ⓒ
National Trust Images/Andrew Butler; 13, 15, 21, 37, 102, 165, 178,
189, 248 ⓒ National Trust Images/John Hammond; 22 ⓒ National
Trust Images/Horst Kolo; 24 ⓒ National Trust Images/Jo Hatcher; 25,
170, 255 National Trust; 28 ⓒ National Trust/Brian Tremain; 30, 35,
196 ⓒ National Trust/Anthony Lambert; 34 ⓒ National Trust Images;
38(왼쪽), 116~117, 224~225, 236 ⓒ National Trust Images/James
Dobson; 38(오른쪽) ⓒ National Trust Images/Derrick E. Witty; 41,
88 Wikimedia Commons; 43 Art Collection 2/Alamy Stock Photo; 46
MS Thr 557(179), Houghton Library, Harvard University; 47 Universal
Art Archive/Alamy Stock Photo; 48 Royal Photographic Society/
Getty Images; 49, 65 Granger Historical Picture Archive/Alamy Stock
Photo; 52 MS Thr 557 (93), Houghton Library, Harvard University;
53, 156 Paul Fearn/Alamy Stock Photo; 54 George C Beresford/Getty
Images; 59 MS Thr 557 (184), Houghton Library, Harvard University;
61 Richard Donovan/Alamy Stock Photo; 74, 173 Culture Club/Getty
Images; 83 Invitation for the Omega Workshop (w/c on paper), Fry,
Roger Eliot(1866~1934)/Private Collection/Photo ⓒ Peter Nahum at The
Leicester Galleries, London/Bridgeman Images; 87 ⓒ National Trust/

Amy Law; 90 MS Thr 560 (138), Houghton Library, Harvard University; 91 Luise Berg-Ehlers/Alamy Stock Photo; 96, 141 Sasha/Getty Images; 97 Angelo Hornak/Alamy Stock Photo;98 MS Thr 557 (201), Houghton Library, Harvard University; 100 Universal Images Group/ Getty Images; 104, 120, 121 ⓒ National Trust Images/Caroline Arber; 115 Jeff Overs/Getty Images; 119, 146~147, 223, 263 ⓒ National Trust Images/Andreas von Einsiedel;123 Elizabeth Whiting & Associates/ Alamy Stock Photo; 131 MS Thr 560 (100), Houghton Library, Harvard University; 134 203 ⓒ Estate of Vanessa Bell, courtesy Henrietta Garnett; 137 MS Thr 564 (92), Houghton Library, Harvard University; 143 ⓒ National Trust/Charles Thomas; 144 MS Thr 564 (93), Houghton Library, Harvard University;160 Moviestore Collection Ltd/Alamy Stock Photo; 162, 218, 244 ⓒ National Trust Images/David Sellman; 167, 259 Pictorial Press Ltd/Alamy Stock Photo; 176 MS Thr 560 (145), Houghton Library, Harvard University; 182 ⓒ National Trust Images/ Andrew Lawson; 200 MS Thr 560 (93), Houghton Library, Harvard University; 209 MS Thr 562 (43), Houghton Library, Harvard University; 211INTERFOTO/Alamy Stock Photo; 227 Eric Harlow/Keystone/Getty Images; 228 MS Thr 561 (48), Houghton Library, Harvard University; 230 MS Thr 560 (5), Houghton Library, Harvard University; 239 ⓒ National Trust Images/Eric Crichton; 241 Chronicle/Alamy Stock Photo; 261 ScreenProd/Photononstop/Alamy Stock Photo

비타와 버지니아

첫판 1쇄 펴낸날 2020년 6월 3일

지은이 | 세라 그리스트우드
옮긴이 | 심혜경
펴낸이 | 박남주

종이 | 화인페이퍼
인쇄·제본 | 한영문화사

펴낸곳 | (주)뮤진트리
출판등록 | 2007년 11월 28일 제2015-000059호
주소 | 서울시 마포구 토정로 135 (상수동) M빌딩
전화 | (02)2676-7117 팩스 | (02)2676-5261
전자우편 | geist6@hanmail.net
홈페이지 | www.mujintree.com

ⓒ 뮤진트리, 2020

ISBN 979-11-6111-053-0 03840

* 책값은 뒤표지에 있습니다.